文春文庫

とりかえばや物語

田辺聖子

文藝春秋

目次

とりかえばや物語

第一章　ふうがわりなきょうだい

一

「おや、あのいたずら姫が、またもや鞠遊びをしているな」

父の権大納言《ごんだいなごん》は、庭にわきおこった子どもたちの歓声のなかに、小さい娘、春風姫《はるかぜひめ》の声を耳ざとくききつけた。

立っていって御簾《みす》をくぐり、縁に出てみれば——うららと春の日の暖かな庭先で、七つ八つばかりの少年たち、それにおつきの若者らが、蹴鞠《けまり》に興じている。

そのなかにひときわ目立つ、かわいい男の子——肩までのびた黒髪をきりりと首すじのうしろで引きむすび、白い水干《すいかん》に、括《くく》り袴《ばかま》のすそはみじかくたくしあげて、活発に土をけり、鞠をける。おりから庭の桜が満開で、花びらが美しいその少年にふりかかる。

「アリャー」

という蹴鞠のかけ声もかわいく、勇ましい。

「うまいっ。若君はなかなか、蹴鞠のすじもおよろしくていらっしゃる」

とほめるのは、おもり役の若者。

見るからにほほえましい光景だが、父の権大納言にとっては、

（いやはや……これは）

人にも話せぬ、なやみの種なのであった。

美しい少年、と見えるのは、じつは、姫君なのだ。

小さいころから活発だった。はちきれそうに元気で、ちっともじっとしていない。

「女の子は女の子らしく、しとやかにおとなしく、家のなかにそっと引きこもって、むやみに人に顔を見られぬようにしなさい」

という母君の教えなんか、てんできかない。外を走りまわるのが大好き。小弓《こゆみ》を射くらべしたり、蹴鞠や鬼ごっこにむちゅうになる。

しぜん、姿かたちも、自由にうごけるように、男の子の身なりになる。おかしかったらあっはっはと笑い、とっくみあいのけんかもするし、男の子仲間のがき大将だ。

とても姫君とは思えない。

そればかりではない。この若君（この本では、春風という名をあたえておこう）――ほんとは姫君だが、かたくるしいお勉強も、まんざらきらいではなく、興味と関心があって、教わったことは、ずんずんおぼえていくのであった。

この時代の貴族の家に生まれた男の子は、みな漢学をしっかり勉強しなければならなかった。将来は帝《みかど》をお助けして国家の柱石とならねばならないからである。いずれは官吏となって、国政をになうことを期待される。

そのうえに、音楽や文学の教養もなければ、いやしくも身分ある貴族として、世の中で交際もできない。「若君」の春風は笛もじょうずに吹けるし、詩吟《しぎん》もたくみだった。

（笛はこの、平安朝時代では、男の手にする楽器である）

それに春風は人なつっこく、お客さまと見れば走り出てくる。

「いらっしゃい。ぼく、このあいだうち、おぼえた曲をきいてくれる？　おじさま」

ほおをさくら色に染め、いっしんに笛を吹きたてる少年を見て、客たちは、

「おお、なんと愛らしい……」

と、思わずにこにこしないではいられない。

「よい若君を、権大納言どのはおもちだ、お幸せなこと……」

といわぬ人々はいなかった。

なかにひとりふたりは、

（おや？　たしか、西《にし》の対《たい》の、この御殿には、姫君がいられるときいたが……若君だったのか？）

と不審がる人もいたが、目の前の、かしこそうで愛くるしい、人なつこい少年を見ては、

(――わたしのききまちがいで、こちらの御殿には若君がいられたのだろう)

と、自分で納得するのである。

――父君の権大納言が、

(こまったもの)

と思うのは、男の子みたいな姫、春風のことだけではない。

父君は廊下づたいに東《ひがし》の対《たい》へ足をはこぶ。貴族の邸は広い敷地をもち、幾棟《いくむね》もの御殿が廊下でつながれて並ぶ。一家のあるじはまん中の寝殿《しんでん》にいるが、東の御殿、西の御殿、それに北の御殿などには、夫人や家族、また、侍女や召し使いたちが住んでいる。この権大納言には夫人がふたりいた。身分ある貴族たちは複数の妻をもつことをゆるされた時代である。

東の対の夫人とのあいだにかわいい男の子が生まれた。

それからほどもなく、西の対の夫人に美しい姫君が生まれた。それぞれにかわいく、また、よく似たおもざしの子どもだった。権大納言はどちらの子もいとしい。それぞれの母たちのことも、

(子どもまでできたのだから、よくよくの縁のある夫婦仲なのだ)

と思って、双方をたいせつにした。この時代の人たちは、深く仏教を信じていたから、前世の因縁を重んじた。

男と女の仲についても、子どもが生まれる、ということに、神秘な運命を感じていた

のであった。

さて、東の対にきた父の権大納言は、若君の部屋へはいった。若君（この本では彼を秋月《あきづき》とよぼう）は、お父さまに見られるのを恥じて、几帳《きちょう》のかげにかくれてしまったけれど、いままで人形遊びをしていたらしく、家の雛形や、犬張り子、人形の着物などが、部屋じゅうに散っているではないか。それに、お相手をしていたのは、七つ八つから十歳ぐらいまでの少女たち四、五人。

「秋月。こっちへおいで」

と、父によばれて、おずおずと出てきたのは、まあなんと、品のいい美少女。山吹がさねのふだん着の肩に、ゆらゆらとかかる黒髪、あけぼの色のほおに、かたちのいい額。どこから見ても、姫君である。

遊び相手の少女たちは、お殿さまのご機嫌がわるいと察して、もじもじ、そろそろと、部屋からぬけだしてしまう。

「秋月よ。――おまえは男の子ではないか、女の子のかっこうをして、女の子の遊びにうつつをぬかしているようでは、この家の跡取りとなれませんぞ。情けないと思わないか」

父にしかられて、うつむく秋月。袖のうえに涙がぽたぽたとおちる。それを見ると、父もあわれになってしまう。少女たちが知らせたのか、秋月の母が奥の居間からやってきた。

「あなた。まだ幼いのですから、物ごとのけじめがつかないのですわ。もうすこし年がいけば、道理もわかって、しぜんに妙なくせもなおるでしょう」

と、とりなすのであった。

「わたしもそう思い思いしてすごしてきたのだが、秋月もそろそろ、身を入れてしっかり学問をおさめるべき年だからな、だいたい、おまえたちがあまやかすからいけない」

権大納言は思わず嘆息する。

この人、権大納言という文官であって、武官の大将もかねている、上流階級の貴族。人柄もよく学問もあり、世間の評判もよい。なにひとつ不足のない人生ながら、せっかく得たふたりの子どもに不満がある。女の子みたいな息子と、男の子のような娘。うまいこといかないもの。

(ああ、このふたりを、とりかえられたらな)

――とりかえばや、の「ばや」というのは、「とりかえたいものだ、どうかしてとりかえられるといいんだが」という願望をせつなくひびかせた、王朝の古いことばである。

父のなげきのうちに数年はすぎ、はや秋月・春風たちは子ども時代を終えて、青年と娘になった。しかしふたりの気性や好みは、ついにとりかえることができず、若君の秋月はいよいよ美しい娘に、姫君の春風はますますりりしい青年になってゆくのであった。

さあ、このふたり、どうなるのだろう。

二

秋月は箏《そう》の琴をひっそりとひきながら、春の日永《ひなが》をたのしんでいた。侍女たちも思い思いに群れて、碁や双六《すごろく》でのんびりと遊んでいる。まるで物語のなかの世界のよう。

（ああ、こういうの、好きなのよね、あたしって……）

と、秋月は思う。

（春にふさわしい、桜がさねの衣装。この絹の着物の手ざわりのやさしさ。お琴をひいたり、物語や絵巻物を見て、まだ見ぬ国や、恋のお話に胸をときめかせたり。――やっぱり、女のほうがたのしいわ。内気で人見知りするあたし、人前へ出るなんて、思っただけでもそらおそろしい気がするんだもの。まして、男の姿になって、世の中へ出ておつとめしたり、交際したり、なんて、考えただけでもこわくって気絶しそう……。あの西の対の妹の春風は、女に生まれながら男のかっこうをして、男のようにふるまうのが大好きらしいけど、あたしはあべこべ。……一生、こうやって女の姿で、ひっそりと暮らしていたい……）

そんなことを考えてうっとりしていたので、いつのまにか、父が部屋へはいってきたのも気づかなかった。

「いい季節なのに、たまには外の景色でもごらん。秋月よ」

父はいまではいよいよ官位もすすみ、世に重く思われている人であるけれど、人知れぬなやみはいっこう、解消していない。秋月を見るにつけて、

「どうしてこう、美しくなってしまったのだろう」

と、涙ぐまれてしまう。男の身に生まれながら、いまではにおうような美女になった息子。この時代の女性は、黒髪が身丈《みたけ》より長いのが美人のひとつの条件であったが、秋月の髪もつやつやと美しく、背の丈より七、八寸ばかりも長い。

秋月は、ようやくこのころになって、生まれついての自分のふしぎなくせ（女の子になりたい気持ち）が、どれほど父を苦しめてきたか、わかるようになっている。しかしやはり、男の姿になって、男の人生を歩むことは恐ろしくて悲しくて、できそうにない。

――ほんとは不自然なことかもしれない、とも思うし、

（お父さまに申しわけないわ。なんでこんなふうに生まれついたのかしら……）

と思うと、しぜんとしおれてしまう。父はそれを見て、

（この子がほんとうに女であれば……この美しさなら、どんな幸せな人生をひらいていけるかしれないのに。こまったものだ、将来は尼にでもしてすごさせるしか、ないか。しかしそれも、残念なこと）

と思うが、秋月がまるで紅梅のように美しい顔色をくもらせ、涙ぐんでいるのを見ると、父も声を荒らげて怒ることはできなかった。

（これも運命であろうか）

と、ためいきをつくばかり。

西の対へくると、空へひびきわたるようにさえた笛の音がきこえてくる。

(おお、これは春風か……)

部屋をのぞくと、

「あ。父上……」

と、歯切れよくいって、笛を吹きやめ、居ずまいを正す若君。

萌黄色《もえぎいろ》の狩衣《かりぎぬ》に、葡萄染《えびぞ》めの織物の指貫《さしぬき》、という、貴族の若公達《わかきんだち》らしい、さっそうとしたいでたち。

しかも、ほほえむその顔の、なんともいえぬ愛嬌ある表情。

(ああ。この美しさ、この愛嬌を、本来の女姿で見ることができれば、どんなにすばらしく美しいことか……)

父の物思いはつきない。

そうなのだ。

妹の姫、春風は年たけるにしたがって、いよいよ、若殿らしく雄々しく成長したのであった。春風は思っている。

(こんなふうに、思うさま、話したり笑ったり、怒ったり、勝負ごと、遊びごと、のびのびとたのしみ、好学心のわくままに学問も習いごとも好きなだけいそしむことができる……男の世界って、なんて、自由でいきいきして、明るいのだろう! ぼくはもう、女になんか、なる気がしない。

几帳のかげで、人にかくれて、親や夫のいうままに運命をあずけてしまう、女になんか、なりたくないやい！）

そう、思っている。

だから男の子たちにうちまじり、負けるまいとして、勉学にも、鞠や弓矢の男のわざにもはげんできた。琴も笛も心こめて学んだ。仏典も学び、漢籍の勉強もおこたらず、高い身分の若殿にふさわしい教養も身につけた。なんにも不足のない若殿に成長した。

ただひとつ。

生まれついての女の身であるということをのぞいては。

世間では、いつか、秋月と春風をとりちがえ、春風がもともと若君であったように思いこんでしまって、

「権大納言家の若君は、才能・人柄ともにすぐれたおかたであるそうな」

といううわさがたかくなっていくのであった。

このうわさをおききになった帝と東宮は権大納言に、

「そんなすぐれた息子をもちながら、どうして宮仕えさせないのかね」

とおおせられる。貴族の少年たちは、子どものうちから、宮中へあがって、公の行事や行儀見習いをするのがふつうである。

父の権大納言にしてみれば、そうしたいのはやまやまであるが、世間でいう若君は、

じつは女の子で、ほんとうの若君のほうは、女姿になるのが大好き、という、妙なくせのあることを、どうして公表できよう。

「まだ幼いものでございますから」

といいまぎらわせていたが、そのうち、帝から、若君を五位の位《くらい》に、とまでおおせられ、早く元服して宮仕えさせるよう、とおことばまであったから、もう、権大納言もことわりつづけているわけにはいかなくなった。

（しかたない。……これも、きめられたあの子の運命だったのだろう。女に生まれた身でありながら、男として社会人となって生きる、そんな運命にまかせるほか、あるまい）

父はそんな気になった。

この当時、社会人となるには、男も女も、大人になるための儀式をおこなうのがそのけじめであった。男の子は元服といって、髪を結い、冠をつけ、おとなの衣服を着る。女の子は裳着《もぎ》といって、袴の上に、腰から下の裳をつけ、髪を結いあげる。十二、三ともなれば王朝の世では一人前とみなされるのである。男も女も成人式をはれやかに、派手におこなう。人生の大きな、ふし目のひとつだからである。

父の権大納言は、思いきって、姫君の春風には、男の元服を、若君の秋月には、女の裳着を、おこなおうと決心した。

こういうはなやかな式典には、それぞれ、ゆかりある人がたいせつな役目をひきうける。女性の場合は、裳の腰紐をむすぶ役だし、男性の成人式たる元服では、冠をかぶらせる役である。権大納言家ぐらいの名家であれば、社会的地位のある人にたのむのがふつうであったが、権大納言は、秋月のときには父の大殿を、春風のためには、兄の右大臣を、それぞれたのんだ。やはり秘密をもつ身の、うしろめたい気持ちから、他人にたのむのはためらわれ、身内の人をえらんだのであった。

もちろん大殿も右大臣も、秘密を知らない。それぞれに孫娘や甥が、美しく成長したとばかり思いこんで、

「めでたいことだ」

とよろこんでいた。秋月と春風の秘密を知るのは、両親のほか、ごく身近にいる少数の侍女ばかりであった。その人々はもちろん、秋月や春風を愛しているので、秘密を口外したりしない。

右大臣はわが手で冠をかぶらせてやった甥が、すてきな若者になったことに満足し、

(これこそ、よい婿君だ――)

と、ひそかに思った。右大臣には娘ばかり四人いる。長女の姫は帝のお妃である女御《にょうご》として宮中におり、次女の姫は東宮の女御となっている。三《さん》の君《きみ》と四《し》の君《きみ》が未婚である。

(年のころからいえば四の君がふさわしいか。それに四の君も美しい娘だし……こんなすぐれた若者を、婿に、とのぞむ家も多いだろう。そうだ、早いことこの縁談を……)

と思いめぐらすのだった。

三

春風は青年貴公子として社交界に、そして宮中にデビューした。彼（ほんとうは彼女というべきであるが）の出現は世間の人々にどよめきをもたらした。男も女も、春風に魅惑されてしまった。

「権大納言さまの若さま、見た？」

「見たわよ、なんてすっきりと美しいかた」

「美しいだけじゃないわ、とても愛嬌がおありだわ、にっこりなさると、こっちはもう、魂がとんでしまいそう！」

などと、宮中の女性たちにも大もて、男たちもたちまち若君に好意をよせた。琴・笛など音楽にもすぐれ、文章を作らせてもたくみ、筆跡はけだかく、和歌を詠ませてもすぐれている。官吏としての勉強も積んだのか、社会情勢にも暗くなく、朝廷の儀式や典礼にも通じている。帝もおそば近く使われてその才能を賞《め》でられ、いよいよご寵愛《ちょうあい》が深くなってゆくのであった。

秋の人事異動――官吏の任命に、春風は侍従《じじゅう》という役目を賜った。はじめから順調な昇進である。社会人となって人々に敬愛されるようになった春風に、父の権大納言は、

（ああ、これがほんとに男の身であれば、肩身のひろい自慢息子といえるのだが）

と、またしても、しようのないぐちが出るが、そう思いつつも、やはり、聡明で優雅な「若君」ぶりに、権大納言はうれしさ、誇らしさをおさえることができないのだった。

ところが「若君」の春風は、世の中へ出て、はじめて強いショックをうけていたのである。

自分は男のようにふるまい、男なみに才能を発揮したいと思い、男として生きてきた。広い世間には、自分のような者もいるだろうと、ばくぜんと考えていたのだが、世の中に出てみると、どうもそんな人間はいないようだ。

(ぼくはやはり、変わり者なんだ……)

その発見は春風をおちこませた。

(これって、不自然なことなのかもしれない。女が男になりすまして、男みたいに世渡りするというのは、とんでもないふうがわりなことなのかもしれぬ。だいいち、世間をも人をも、あざむいていることになる。いつか秘密が暴露されるかもしれない……)

と、不安になるが、

(いや、しかし、もうここまできては引きかえせない。ぼくは男として世の中へ出てしまったんだ。それに……才能と努力と、人柄とで生きぬいてゆく男社会のおもしろさ。これを知ったらもうやめられないや)

春風は、女の身をかくして、男として生きるという冒険に挑戦する。ただ、あまりに人となれ親しみ、秘密を知られてはいけないと、いつもちょっと距離のある態度で人に接するようにつとめた。朝廷の仕事はきちんと果たし、若いがなかなか有能だとみとめられてゆく。冷淡ではないが、節度のある人づきあいも、かえって春風の評判をたかめてゆくのであった。宮中の女性たちは春風の美青年ぶりに心をうばわれ、ひとことでもことばをかけてもらいたいわ、と大さわぎする。

しかし春風がなんでそういう女たちに浮わついたことができよう。たいそうまじめに身をつつしんで、色っぽいうわさにのぼることもない。

「すてきなかただけど、あんまり物がたいのが残念ね」

と、女たちはささやきあうのであった。

そんな春風をとくべつな目でごらんになっているのが帝である。帝は四十何歳でいられるが、皇子はなく、ただ皇女おひとり、その女一の宮をとてもかわいがっていられる。母君はすでに亡くなられているので、

（この女一の宮の結婚相手には、侍従のような青年こそ……）

とお思いであったが、まだ女一の宮もお若すぎるというところから、

（もうすこし先でもいい……）

と考えていられた。そのお気持ちをもれきいた父の権大納言は、うれしいやら残念やら。……そんな名誉なことになっても、春風は帝の期待におこたえできないからである。

ところで、いまの東宮は帝の弟君でいられ、二十七、八におなりである。帝同様に、けだかく優美なかたであった。

東宮も侍従の君――春風――を愛されて、

(この人には姉か妹か、女きょうだいがいるときくが、この人がこんなに美しいのだから、さぞ美人だろうな)

と思われ、宮中へはいって妃のひとりになるよう、それとないおことばがあった。帝も同じように思《おぼ》し召していられる。

帝も東宮も、男皇子《おとこみこ》がいらっしゃらないので、天下の人々は、皇子のご誕生を待ちのぞんでいる。新しいお妃に期待がかけられていた。

父の権大納言はおおせをうけて、

(ああ、ほんとうに女御か妃をわが家から出すことができれば)

と、くやしく思ったものの、つつしんでご辞退するほかなかった。

「うちの娘は極端な恥ずかしがりでございまして、とても人なかへたちまじり、おそばでお仕えすることなどできませんので」

しかし、権大納言家の美しい姫君を、帝も東宮もおのぞみになった、といううわさは、いっぺんに世間にたかくなった。

それをきいて心をときめかせる若者は多かったが、わけても風流貴公子と世に名高い中将《ちゅうじょう》の君《きみ》という人がいた(この人を、この本では夏雲《なつぐも》とよぼう)。夏雲は皇族の血を引いている。父は式部卿《しきぶきょう》の宮《みや》、帝のおん叔父にあたられるかたである。侍従の君・春風よりふたつほど年上、春風ほど優美ではないが、やはり人なみはずれて上品で美しく、それになかなか、恋愛のベテランという評判であった。家柄はよし身分はよし、美しいうえに、女たちと恋のかけひきをたのしむのが大好きという青年だから、美人とうわさされる女たちを見のがさず、かたはしからくどいていた。

それゆえ、権大納言家の姫君と、右大臣家の四の君がそれぞれうわさにたかいのを知ると、

（どちらの人も、手に入れたいな）

と、さっそく恋文を書き、仲に立ってくれる人をさがして、姫君の手にわたるよう運動する。

ところが、この夏雲の中将の色好みは世間に知れわたっており、信用がない。

「いやだ、夏雲さまの恋文なんか、お姫さまにさしあげられないわよ」

と、とちゅうでつっかえされてしまう。

夏雲はがっかりして、春風に、

「ねえ、きみの妹さんに紹介してくれないかなあ。ぼくの恋は、こんどこそ、ほんものなんだよ。しんけんなんだ。きみによく似ているというのなら、どんな美人だろうと思うと、まだ見ぬ恋にあこがれているんだ」

とうちあけた。

春風はひやっとする。自分にも秘密があるが、腹ちがいの兄もそうなのだ。夏雲をはじめ、世間の男たちが関心をもち、あこがれる姫君・秋月が、じつは男なんだと、なん

でいえよう。

夏雲とはほかの人よりは親しいつきあいであるものの、春風は気をゆるしてなれなれしくしたり、しない。

まして秋月のことを話題にするのもさけたい。しぜんに口少なにそっけない態度であしらっていた。

夏雲が恋の苦しみにいらいらしているのを見るにつけ、春風は、

(ぼくだって、ほんとはきみよりもっと深いなやみがあるんだ)

といいたいのであったが、それだけはけっして口にできない。

そのうちに帝は東宮に譲位され、朱雀院《すざくいん》の御所へうつられた。東宮が帝に、そして新東宮には、女一の宮がなられた。

春風の祖父の大殿は引退し、権大納言が昇進して左大臣・関白となった。

公卿たちもつぎつぎに昇進し、侍従の君・春風は三位《さんみ》の中将となった。

新しい御代《みよ》がはじまったのである。

そして春風にも新しい運命が待っていた。右大臣は、いよいよ四の君との縁談を、春風の父・左大臣に申しこんできた。

「あの人柄、あの才幹、しかも、若いに似ず、浮わついたところがなくまじめで温厚、かねてより敬服しています。わが家の四の君の婿君に、ぜひおむかえしたい」

ていねいにもちかけられた縁談を、左大臣はことわる口実もなく、窮地に立たされた。

まよったあげく、しかたなく決心して、

「本人はどうしてか結婚する気はなさそうなようすですが、しかしまじめという点では、人にもみとめられているようです」

と返事してしまった。それは結婚承諾の意味である。このころの上流の家では、家柄のつりあいから判断して、親たちが縁談をとりきめるのである。ことに男が女の家へ通う、というかたちの結婚だから、親は娘夫婦のめんどうをすべてにわたって、ひっくるめてみることになるので、娘の縁談には積極的であった。

さきの帝が、女一の宮に春風を、と考えていられたとき、えんりょしていたが、女一の宮はすでに、新東宮となられた。それならもう春風と結婚されることもあるまい、あんなにすぐれた若者を、よその婿に取られぬうちに、という右大臣の思惑なのであった。

左大臣は承知はしたものの、秘密をかくしての結婚は気がかりだった。相談する相手は、やはり春風の母しかなかった。

「しかたありませんわ、あなた。結婚させましょう。あちらは世間しらずのお姫さまですもの、へんだとお気づきにはならないでしょうよ。仲よくうちとけて、はた目には世間なみの夫婦のように見せかけることができるでしょう。うちの春風はしっかりしているんですもの、婿君の役ぐらいつとまりますわ」

と、母は子ども自慢の心から、この結婚の不自然には目をつむって、世間の体裁を考えるらしかった。

父の左大臣も考えてみれば、この先、春風が男性として一生をすごそうというのなら、独身でいるわけにいかない。上流階級の貴族なら、なおさらである。春風は年にしては考え深く、けいそつな点はないから、あるいはうまく結婚生活を営むことができるかもしれぬと思った。もちろん表面だけのことであるが、上流社会では、かたちだけの結婚、ということも、おりおりはないではないのであった。

父にいわれて春風は相手の姫にあてて求婚の恋文を書いた。これは結婚の儀礼的なしきたりである。

〈ぼくは人のいう「恋の道」にふみまよってしまったのでしょうか。早くも恋の山路のふもとで、心みだれています〉

筆跡はみごとで、親が見てもほれぼれするくらいだった。右大臣邸でも姫君をせかして返事を書かせた。姫君は義務的に書いた。

〈ふもとでまよっていらっしゃるのは、どちらへの道なの？　あちこちにたくさんお心を分けられるかたがおいでなのじゃありません？〉

こういうやりとりを、しきたりどおりにかわして、やがて右大臣邸ではなばなしく結婚式があげられた。右大臣は四の君をほかの姫君たちよりかくべつにかわいがっており、しかも関白左大臣家のひとり息子、三位の中将を婿としたというので、その祝宴のにぎやかさは、なみなみならぬものだった。しかも春風はまたも昇進して権中納言《ごんちゅうなごん》になった。

春風は十六、姫君は十九だった。姫君は美しさの点でも春風にひけはとらなかった。親たちが心をこめてたいせつにそだてたので、ゆくすえはお妃になれるかも……と思う心おごりもあって、はじめは春風をすこし軽く見る気持ちがぬけなかった。しかし親しくなるにつれ、春風の趣味や教養の広さ、深さ、人柄の誠実でやさしいことにひかれ、しだいに姫君も心をひらいていった。

ただ、姫君には人にいえない小さな疑問があった。夜の床で、他人にはいっしょにやすんでいるように見えるだろうけれど、あくまでお行儀よく、たのしい語らいだけで寝入ってしまう。上品な親しみはあるが、

（夫婦の契り、ということをきくけれど、このひとは、あたしにまだ心をゆるしていないのかしら。それともこれが正常なのかしら）

と不審だった。（この姫君を、この本では、冬日《ふゆひ》の姫、とよぼう）

冬日は春風の人間的な魅力に気づき、彼を夫としたことを、よかったと思った。帝のお妃より幸福だったかもしれない。帝にはたくさんの女性がかしずいているけれど、春風は冬日をただひとりの妻として、毎夜、右大臣の邸へ帰ってくる。父の左大臣の邸や、宮中で宿直《とのい》するほかは、いつも妻のもとへ帰って、かりにも外泊してゆくえ知れずになる、ということはない。世間の男なら、あちこちに泊まり先をもつものだが……。

ただときどき、月のうち四、五日は、

「物《もの》の怪《け》のせいで体調がわるくて」

と、乳母《めのと》の実家《さと》に身をかくすことがある。それも冬日には小さな疑問のひとつであったが、なんにせよ、うわべは世間なみの新婚生活がはじまった。平和でものしずかなふたりのようすには、新婚らしいあまいにおいはない。舅《しゆうと》の右大臣は婿の春風の、うちとけぬようすを見て、

(若いし、まだ恥ずかしがっているのだろう)

と思い、それもかわいく、心こめて世話をしていた。

人にうらやまれる結婚を、ことさらうらやんだのは夏雲である。夏雲はこのたび昇進して宰相となり、中将を兼任して宰相の中将とよばれる地位になっていた。

しかし夏雲は、自分の昇進もうれしくなく、まして春風に結婚の祝いをいう気にもなれない。

恋いこがれていた、右大臣家の四の君・冬日姫はもう、春風の妻になってしまったのだ。くやしく、やるせなく、春風にあっても、いままでよりはすこしよそよそしくなった。

夏雲がそんな態度を見せる原因を、春風は察している。

(彼は冬日と結婚したがっていたんだ。――ぼくが夫にえらばれたので、がっかりしたんだなあ。これほど思いこがれている人をさしおいて、ぼくなんかがえらばれるなんて、世の中は皮肉なものだ……)

そう思うと、しぜんとくちびるのすみに自嘲するような笑いが浮かぶのであった。男

の姿をしてはいても、ほんとは女の身なので、冬日を世間なみに愛してやることもできない。

それなのに、正常な男でいて、しかもあんなに恋いこがれている夏雲が冬日と結婚できず、自分のほうが結婚する、運命というものはなんて、皮肉で、奇妙なものだろう……と思うのであった。

そんな思いはやがて、いつも考えている、自分の身の上の、つきぬなやみにおよんでいく。……いつかは……いつかは、世をあざむき、人をあざむいているこんなありさまが、どこかで破れ、ほころびてゆくんじゃないか。

たえず心のなかでそう考えている春風は、だから、人に心ゆるさない、ゆだんのない生活態度だった。

四

九月十五日の夜、この日は満月なので宮中で詩を吟じたり音楽を演奏する宴会がおこなわれた。

春風も宴に召され、そのまま内裏《だいり》に宿直《とのい》した。月はいよいよ明るく、宴は果てても、たかぶった愉快な気持ちはおさまらない。春風は久しぶりにいい気分で、宮中のお庭をひとり、そぞろ歩いた。

と、御殿の廊下をしずしずと歩いてくる女性たちの一行がある。

(お。……梅壺《うめつぼ》の女御が帝のご寝所へあがられるんだな)

春風は身をかくして塀からそっと見ていた。

秋の夜ふけ。月はくまなく照りわたる。

まず先にたつのは香炉をささげた少女。赤い袙《あこめ》に、透けて見えるうすものの汗衫《かざみ》をはおり、黒髪はきれいに肩までたれている。少女のささげる香炉からはほのかなにおいが流れ、春風の鼻をうつ。それもおくゆかしいのに、つづく侍女たちの姿も美しい。つやつやした衣《きぬ》のうえに、これもうすい地の唐衣《からぎぬ》を重ねている。さながら、今夜の空のように、月のおもてに、うすい雲がたなびく風情といおうか。

女人たちのまん中に梅壺の女御がいられたが、このかたの前後に御几帳《みきちよう》をもつ侍女がいて、お顔をかくしているため、拝することはできない。高貴な女性は、みだりに顔を人にさらしてはいけない、とされているのである。

侍女たちが、女御にたいせつにかしずいて、お守りしている気配が察せられる。お衣装から、しとやかな足さばきから、どんなにお美しいかただろうと思われた。

春風は思う。――ほんとうなら、ぼくもあんなふうにかしずかれて、宮中へあがっていたかもしれない。それなのに、顔をむきだして男姿になって、中納言という、公の役目をいただき、社会に出て活躍している。正気の沙汰ではない、といえるな。

せめてもうひとりの秋月が、ほんとの女だったら、あんなふうに帝のお妃として宮中へはいられたのに。そしたら父君もどんなにかよろこんでお世話なさったろうに。

春風は心のもやもやをはらいのけるように、詩をひとり吟じた。

「蓬莱洞《ほうらいとう》の月の霜を照らす中《うち》」

宮中の庭に白々とした霜、それを月光がものすさまじく照らしている、わが胸のなやみもいよいよ深く……というような意味だった。

いっぽう、夏雲も、今宵の宴につらなるひとり。

夏雲は右大臣家の冬日姫のことはもうあきらめなければならないが、あとのもうひとり、左大臣家の姫、秋月だけはなんとしても得たい、と思いつめていた。

(春風の中納言は、秋月姫の兄だから、なんとか口をきいてとりなしてくれてもいいだろうに、まったくとりあってくれない。むだかもしれないが、もう一度たのみもし、うらみごともいいたい。

それに、きょうだいだから、秋月姫はきっと春風に似ているだろう。春風があんなに美しいのだから秋月もどんな美女だろう。せめて春風にあって、このみたされぬ思いをなぐさめよう)

夏雲はそう思い、春風の姿をたずね歩いて、庭のかたすみにやっと見つけた。

月光のもと、春風の姿は若々しく美しかった。もようを織り出した直衣《のうし》や指貫《さしぬき》、その直衣もちょっと着くずして、下に着た紅《くれない》のあざやかな衣《きぬ》がこぼれて見える。夏雲の目には、春風は、

（男としては小柄なほうだが、なんという美しさだろう。男のわたしが見てさえ、心ひかれるくらいだから、ましてこの人が声をかけたら、どんな女だって応じないことはないだろう）

と、うらやましくなるくらいだった。

しかしその夏雲もまた、春風におとらぬ美青年なので、彼が春風の袖をひきとめ、恋のうらみごとをうったえているさまは、ふたりそろって、なかなかに優美な風情だった。

春風は人にはうちとけないとはいうものの、この夏雲とは年来、わりに親しくつきあった仲でもあり、むげにつきはなすこともできず、

「きみ、妹のことでそんなにぼくをうらんでも、これぱかりはしようがないんだよ。ぼくも気の毒には思うけれど、妹の縁談はぼくの思うままにならないんだからね。……それに世の中というもの、すべて思うままにならないものなんだ。考えてもどうしようもないことって、あるんだよねえ。ぼくだってなやみがないわけじゃないんだよ」

さっきからの物思いが、つい口に出た。

夏雲はそのようすに、

（なんのなやみ苦しみが、この人にあるのだろう？）

と、ふと、不審な気持ちをもった。

（帝をはじめ、世の人々に愛され重んじられ、とんとん拍子に昇進して、美女として名高い冬日を妻にしている。もしや、冬日に不満でもあるのか。それとも、女東宮とならぬ

れた姫に思いをかけていたのか。それもこの人がのぞめばかなえられぬ恋ではなかったはず。――しかしなやみにしずむ人、というのは、かえって神秘的な魅力が増すものだなあ）

そんなことを思いながら、夏雲は、

「きみ、きみのなやみは、ぼくがきみにかわって、なんとしてでもかなうようにしてあげよう。だからかくさず、うちあけてくれよ」

といった。春風は笑いながら、

「きみの考えはわかっているよ。恋のなやみしか、なやみのない人だからね、きみは。だがぼくはべつに女性問題で苦しんでるわけじゃない。……といって、これという、はっきりしたものではないが、なんとなく月を見ていると、いつまでこうしていられるのだろう、いつかは、かぐや姫のように天へ帰ってゆくんじゃないか……そんな気がして、もの悲しくなるんだ」

「たしかにね。一寸先もわからぬ無常の世にはちがいないけれど、しかし、きみのように人生まっさかり、というような人が、なんでそうなげくんだ」

「……まあ、ぼく自身、どうしようもない、前世からのなりゆきなんだろうな。きみの恋のゆくえを見とどけたら、ぼくは深い山にでもこもって身をかくしたいと思ったりするよ」

春風は、月光やその場の気分にさそわれて、つい日ごろの思いが口に出てしまった。

「おいおい、きみがそう決心したときは、ぼくを置いていかないでくれよ。ぼくだってはかない世の中にいつまでもいたくない。世をすてて、永遠の生命《いのち》を得たいという気が、年月たつにつれ、たかまっているんだが、さすがにきっぱりと決心できずにいるんだからね」

――ほんとは世をすてる気など、これっぱかりもない夏雲も、春風につられて、ついそんなことを口ばしり、ふたりの青年は夜のふけるのも忘れて、しんみりと語りあった。

別れて帰る夏雲は、春風の美しさから、まだ見ぬ左大臣家の姫君、秋月への恋が、いよいよまさるのをおぼえた。

(それにしても春風の中納言の、デリケートな美しさ、あの魅力。まるで女性のようだ。女として愛人のひとりにしたいくらいだ。妹の秋月も、彼に似ていればどんなにか。……ぜひ秋月と結婚したい)

ところが。

秋月の身の上に、思わぬ変化が起きた。

五

皇位《みくらい》をゆずって、いまは院となられた先帝は、宮中を出られてからは最愛のひとり娘、女東宮と別れて住んでいられる。

東宮のまわりには、しっかりした人もついていず、また、東宮ご自身もおっとりなさっていてたよりないお人柄だから、院はいつも気がかりに思っていられた。

左大臣家の姫君が、まだ婿もむかえず、といって帝のお妃のひとりとなる気もないらしいのを、

「どうするつもりかね」

と、左大臣にきかれた。まだおそばにお召しになるご意向なのかと左大臣はびっくりし、

「どうにもこまっております。異常な恥ずかしがりでございまして、人見知りはいよいよひどくなり、親のわたしにあっても冷や汗をかいて涙ぐみ、気分がわるくなるというふうでございます。尼にでもさせようかと考えております」

と、涙ぐんで申しあげると、院は、

「それはよくない。――ついては東宮のことだが、後見にしっかりした人がいず、わたしも宮中と院とで別れて暮らしているから気がかりでね。どうだろう、その姫君を東宮の遊び相手として出仕させないか。あたら若い人を尼にさせるのは惜しい。現世にいれば、また、妃になるみちもひらかれるかもしれないではないか」

そういうおおせで、左大臣はすぐ、春風のことを思った。女の身でありながら男として堂々と世渡りしている。秋月も、女東宮にお仕えするというのなら、やってやれないことはあるまい、なるほど、そんな未来があったのだ。

左大臣はにわかに心が明るくなり、

「では娘の母親とも相談いたしまして」

と退出した。

秋月の母君は春風の母君とちがい、

「さあ、どうでしょう。あんなに内気な、はにかみやさんが、東宮さまのおそばでお仕えするなんて、気骨の折れるおしごとが、つとまりますかしら。わたしにはなんともいえませんわ」

と、消極的だった。しかし父君の左大臣は、すでに春風と同じように、秋月を世に出す心づもりでいた。院のおことばにもちょっと心ときめく。春風がうわべばかりの結婚生活とはいえ、右大臣家の婿として、ていねいにあつかわれているのと同じように、もしや、秋月もひょっとすると妃の位に……などと夢をえがいてしまうのであった。

同じことなら早く、と院のおおせがあったので、左大臣は十一月十日ごろ、秋月を東宮のもとへ参上させた。そのしたくのはなやかさといったら……。おつきの侍女四十人、少女や下仕えの者八人。それぞれ、目もあやな衣装を着せて御殿へのぼらせたのであった。当の姫君・秋月がかがやくばかり美しかったのはいうまでもない。

女東宮のお相手というだけでは、宮中での身分がどっちつかずなので、尚侍《ないしのかみ》という女官《にようかん》の職をいただいて出仕することになった。

東宮は梨壺《なしつぼ》という御殿にいられるので、尚侍・秋月の私室は、そこから近い宣耀殿《せんようでん》をいただいた。

秋月は生まれてはじめて、世間へ出たのである。親もとをはなれたのも、これがはじめてであった。

秋月がお目にかかった女東宮は、秋月よりずっとお年下、若々しく上品で、おっとりしたかたであられる。すなおで、人をうたがうことを知らないような、純真なおかた、秋月はひと目でそれを見ぬいて好意をもった。

（なんて、かわいいかたかしら……。あれほど人見知りして、内気なわたくしが、このかたには、なんでも話せそうな気がするわ）

東宮からごらんになった秋月は、非のうちどころのない、美しい女だった。そればかりでなく、やさしみをたたえ、心をひらいて、東宮がよりすがりたくなるような、たよりになるところもある。

（まあ。まるでわたくしに美しいお姉さまができたよう。あまえられるお姉さまが）

と、東宮はお思いになった。そうしてすぐ、秋月にうちとけられた。

東宮という重要な位につかれたので、いろいろ学ぶべきこと、きめられたお役目などもたくさんある。うら若い女性の身にはにないきれぬほどの重い運命であったが、それをだれにうちあけることも、いままでおできになれなかった。

（でも、このひとなら、きいてくれるでしょう。たのもしい後見人になってくれるでしょう）

とお思いになった。

「物語（小説）を読んだりなさる？　音楽はお好き？　琴をおひきになる？　絵は、だれの絵がごひいき？」

そんなことを秋月におききになり、秋月がこたえると、

「まあ、趣味も似ているわ、わたくしたち」

と、かざりけなく、およろこびになる。

そうして、

「ねえ、わたくしはほんとのところ、自分でもびっくりしているの」

「なににびっくりなさっているのでございますか」

秋月がおうかがいすると、

「わたくしはじつは、ひどいはにかみやなの。知らないひとと口をきこうとすると、恥ずかしいやらこわいやらで、冷や汗が出て、涙がこぼれたりするの。……それが、あなたにだけはそんなことはなくて、こうやって、平気でたのしく、おしゃべりできるの。ひとと話してたのしい、なんて、はじめての経験だわ」

とおっしゃるのだった。

（なんてかわいい、率直で愛らしいかた！）

と、秋月は思ってしまった。にっこりして、

「わたくしもそうでございますの。人見知りして内気なたちなのに、なぜか、宮さまに

は、はじめから親しみを感じて……あら、こんないいかた、失礼でございますわね、宮さまにたいして。ただ、心がおのずと、宮さまによりそってゆくというのか……」

といいさして、秋月は気づいた。

「そういえばこんなにおしゃべりしたこと、わたくしにとっても、はじめての経験ですわ」

「わたくしたち、気があいそうね」

と、東宮もおうれしそうだった。

秋月にとって、新しい人生がひらけた。東宮とともにお部屋で文字を習ったり、絵の練習をしたり、琴をひいたりしていると、左大臣邸でひきこもっていたころより、ずっと愉快だったし、充実した日々となった。

東宮は夜も、秋月をおはなしにならない。

「尚侍、眠るまでひととき、おしゃべりしましょう」

と、同じ御帳台《みちょうだい》の中に召しよせ、枕を並べられる。女どうしのことなので、おそばの侍女たちも、ふたりきりにして、しずかに御前をしりぞくのであった。

灯《ひ》は遠くにあり、かすかにまたたいている。

「あなたの黒髪に灯のいろが流れているわ。ほんとうに美しいこと……」

とおっしゃる東宮の、むじゃきな愛らしさ。

「宮さまこそ、ですわ。やわらかいお肌」

秋月は声をひそめて賛美する。

闇のなかに、香のいいかおりがただよう。それは東宮のお髪《ぐし》と、おからだにたきこめられた香である。

秋月の心に、ふしぎな感情がわいてくる。生まれてはじめて、ひとをいとしいと感じたのだった。

おしゃべりがふと、とぎれたので、東宮を見ると、いつか、すやすやと眠りにおちていられる。秋月の胸に、安心しきったようにお顔をよせられて。

(ああ、かわいい……)

思わず秋月は東宮をだきしめてしまう。

そのときは、東宮という尊い御位にあるかた、という考えなど、あたまに浮かばなかった。

ただ、あどけない、かわいい女、という気持ちだけだった。

(これは、どうしたことかしら)

秋月は当惑する。いとしいひとを、この腕にだきしめたい、という気持ち。

だかれるよりも、だきしめてやりたい、という気持ち。

いつからこんな気持ちが、自分のなかに生まれたのだろう、と秋月はうろたえる。

朝がくれば、東宮は、

「きょうはお勉強の日だわ。でも尚侍といっしょにお勉強するのなら、むつかしいご本も、苦にならないわ」

といわれる。ふつう、お仕えする侍女たちは、夜をおそばで仕えたら、あくる日の昼は自室へさがってもよく、昼お仕えすると、夜は自分の自由時間となる。

けれども東宮は、昼も夜も、秋月をおはなしにならない。

日々、東宮に身近に接しているうち、秋月はほんとうに東宮を恋しく思いはじめた。女どうしの友情ではなく、男として愛したい本能が、秋月にめざめてきたのだった。

その夜も、東宮はひとつの御帳台に秋月とおやすみになって、

「きょうもたのしかったわ。尚侍、あなたも？　毎日がたのしい、という暮らし、あなたがもってきてくれたんだわ……」

といわれたとき、秋月の腕に、底深い力がわいて出て、おのずと東宮をだきしめていた。もう、たえられないと思った。

「わたくしは苦しいのでございます」

「苦しい？　どうして？」

東宮はおどろいて秋月の顔をあおがれる。

「宮さまが恋しいからですわ……」

秋月は東宮のくちびるに、自分のくちびるをよせながら、しずかにささやく。

「わたくしは秘密をもつ人間なのです。でも、宮さまをいとしいと思う、しぜんな感情にはさからえませんわ……わたくしがおきらい？」

「いいえ、大好きよ」

「なら、わたくしを信じてくださいませ。あなたさまを、おいとしく思えばこそ、ですから」

秋月の動作に東宮はびっくりなさった。意外なことのなりゆきに、ただぼうぜんとしていられる。けれども秋月は美しく、態度もやさしいので、東宮にはこばむ気持ちは生まれなかった。いとわしいという気もおこらず、むじゃきで、世間ずれたふんべつなどおもちではない、高貴なお生まれなので、

(これはなにか、わけがあるんだわ……)

と、すなおに、秋月にまかせていられるのだった。

秋月はいよいよ東宮がいじらしい。宮中の夜の闇は深く、あたりには音もなかった。

第二章　いつわりの結婚生活

一

さて、秋月が尚侍《ないしのかみ》となって宮中へはいったので、夏雲は心をおどらせていた。というのは、左大臣邸では警備もげんじゅうだから、とてもこっそりはいれないが、宮中なら人の出入りも多いから、かえって秋月に近づける可能性がたかいからであった。

夜昼、尚侍の部屋である宣耀殿《せんようでん》のあたりをうろうろしている。

世間では尚侍の評判がいい。上品で見識たかく、男のつけ入るすきはない、しっかりしたかただというわさである。夏雲は、

(これじゃいつになったら、わたしの思いがとげられることか)

となやんだ。

その年の五節《ごせち》の十一月中ごろ、中院《ちゅういん》の行幸《みゆき》があった。この行事のならいである小忌衣《おみごろも》

を人々は身につけてお供する。お供の人々のなかでもことに、夏雲の宰相の中将と、春風の権中納言、このふたりの美青年ぶりはきわだっていた。夏雲は長身で男らしくきっぱりした態度のなかに、色っぽい雰囲気があって、そこがいい風情だった。行列を見物している人々のなかで、ことに女性たちの集まり、それも顔見知りがいれば、かならず声をかけてゆく。そんな夏雲にくらべ、春風は目もくれずさっさと通りすぎていく。まじめで身持ちのかたいようすに、

（つめたいかたね、でもそのつめたさがかえってたまらなく魅力よ）

と、女たちは袖を引きあってささやきかわす。その春風の姿は――はなやかににおいたって、しかも愛嬌にあふれている。ものごしもたおやかでやさしい。優美なうしろ姿を見送って、ほっと人知れずためいきをつく女もいた。

そんな女たちのひとりから春風は恋文をもらった。

〈きょうの小忌衣姿のあなたってすてき。わたしの心はみだれてしまいました。でもあなたとふたりであうって、むつかしいわね〉

それは麗景殿《れいけいでん》という宮中の御殿にいる女らしい。そのままにしておくのも情け知らずのようで女に気の毒でもあり、春風は世間なみな男のするように、行事も終わり人々も寝しずまってから、月光のもと、麗景殿のあたりをそっと歩き、

「あうのはまだ先のことにしても、ぼくに心みだしたといわれるのはどなた」

と、ひとりごとのようにいってみた。暗い戸のむこうから、

「あたしよ。でも名のらないわ」

と、返事がある。

「名のってくれなくちゃ恋を語れないじゃないか。それじゃ、あうのはむつかしいはずだ」

と、じょうだんをいって春風は人声のした戸口のほうへ近づいた。相手の姿は見えないが、気配でわかる。月光は奥までとどかないが、なんだか心そそられる雰囲気の女性だった。

（男だったらここで、いやも応もなく、部屋へ押し入るんだろうなあ）

と、春風は思った。男たちが恋の冒険にむちゅうになるたのしさが、いくらかはわかる気がした。相手は麗景殿の女御の妹にあたるひとらしい。春風はもちろん、彼女の部屋へ押し入ったりしない。冷淡でないほどにことばをかわして、そっと別れてきたのである。

二

年がかわった。

正月一日、新春といいながら、まだ雪のちらちらする風流な景色のなかを、左大臣は尚侍の住む宣耀殿に出かけた。ちょうど春風もきていた。

昔は、母君のちがうきょうだいどうしの仲はうとうとしかった。たがいの母君たちに、張りあう気持ちがあったからである。しかし父・左大臣は子どもふたりが成長するにつれ、

「ふたりのほか、きょうだいはいないのだから、仲よくするんだよ。わたしもいつまで生きているやらわからないし、また世間なみでないおまえたちの身の上のことも、他人には相談できないのだ。ふたりで力になりあって暮らすんだよ」

と教えていた。

それでいまは兄の秋月と妹の春風は親しい仲になっている。いや、たがいのふしぎな身の上を思いやる心が、いっそうふたりをむすびつけていた。

左大臣が見る秋月は紅梅色の織物の衣装、春風は紫の指貫《さしぬき》、紅《くれない》のつやつやした袿《うちき》を直衣《のうし》の下から出して、きちんとすわっている。秋月の桜色の顔は、春風とそっくり同じ、見分けのつかないほど、どちらも美しいが、やはり女姿の秋月のほうが、まばゆいばかりあでやかだ。なまじ美しいのが親から見ればせつない。

(こんなに美しい息子や娘たちでありながら、人にいえぬ秘密をもっているとは。いずれはどちらも尼や法師にして世をすてさせねばならないだろうが……)

そう思うと左大臣は胸もふたがる気がする。

日が暮れた。月が明るいので、秋月に琴を、春風に笛を、左大臣はすすめた。

その琴と笛の合奏をききつけたのは、いつもこの御殿のあたりを去らぬ夏雲である。

秋月に思いをかけている彼はどうかして近づく手だてはないかと、心をくだいているのであったが、このときも、

（おっ、この琴の音《ね》は尚侍にちがいない）

と、胸おどらせて宴をのぞいた。しかしそこには左大臣もいる。これではとても秋月のそばへ近づくのぞみもない。がっかりしてしまった。

たのみのつなは、友人の春風である。彼が妹と夏雲のあいだを取りもってくれれば、と思うのに、なぜかそのことに関してはよそよそしい。

しかし春風にあえば、それだけでも心がなぐさめられよう。まだ見ぬ秋月のおもかげも想像できるし……と思い、ある夜、夏雲は、ぎょうぎょうしい行列をととのえたりせず、わずかばかりの供をつれて、しのびやかに春風の邸をおとずれた。

邸はひっそりしている。春風は宮中の宿直《とのい》でるすなのであった。夏雲はがっかりして、

（じゃ、ぼくも参内《さんだい》しようか）

などと考えていると、邸の奥深いところから琴の音がほのかにきこえてくる。

（む？　もしやあれは春風の夫人がひいているのではあるまいか。とすれば、冬日《ふゆひ》姫《ひめ》だ。ぼくがあんなにこがれていたのに、春風と結婚して、ぼくの手のとどかぬところへいってしまったひとだ）

そう思うと心がときめいて、とてもこのまま帰るわけにいかない。庭づたいにそっと邸の奥深くはいり、楽の音をたよりに苦心して近づく。

部屋のすだれはまきあげてあるうえに、その人はわりに庭からよく見えるところにいた。侍女たちがまわりにいるが、琴をひいているひとこそ冬日姫であろう。月の光のもと、衣装にうずもれるように小柄だが美しくてあでやかな姿、夏雲は魂をうばわれて、立ちすくんでしまった。

そのうち夜がふけ、侍女たちははなれたところで横になって寝入ったり、または春の夜のこころよさに桜の下をめぐり歩いたりしている。冬日は琴にもたれるようにして、春の月をながめながら、

「明るい春の月も、わたしの物思いのせいで暗いわ」

とひとりごとをいう。さびしげな姿、この美しいひとになんの物思いが、と夏雲はうたがう。

（このひとの父母は娘たちのなかでこのひとをとりわけかわいがっていた。夫の春風もすぐれた男、しかも浮いたうわさひとつなく、誠実な夫ではないか）

しかし冬日はなにかむなしいらしい。孤独のさびしさをうったえたいらしい。みたされぬさびしさをもらす人妻。夏雲はもう、ためらわなかった。彼はもともと、情熱家なので、思いこむと、あと先見ずに実行するタイプであった。

（この可憐なひとを見すごせない。笑いを忘れたような、生きるたのしみを見うしなっているような、さびしい美人を、ほうっておくわけにいかないじゃないか）

夏雲は堂々と建物にあがり、妻戸《つまど》を押しあけ、えんりょしないで部屋へはいる。まるで邸の主人のように。

侍女たちは、「殿さまのお帰りだわ」と思い、気をきかせて遠くにいる。夏雲は冬日のそばへより、ささやく。

「月が暗いのはぼくの恋心のせいですよ。ぼくはいまもまだ、あなたを忘れられない」

そういうなり、冬日をかるがるとだいて御帳台にはいった。冬日は夫の春風とばかり思っていたのに、そのときになってはじめてちがう男だと気づき、「あっ」とさけんだ。

室内の暗さに顔も見えない。

冬日の声に、近くにいた乳《ち》きょうだいの左衛門《さえもん》という侍女がびっくりして、

(あら、どうなさったのかしら、殿さまがお帰りになったと思ったのに)

と近づいた。

御帳台のうちで冬日がすすり泣いているらしい。もつれあう気配。左衛門の耳に春風ではない男の声がきこえた。

「ひどい仕打ちとおうらみでしょうが、ぼくの執念からはにげられませんよ。あなたはぼくをすげなくあしらわれて振ってしまわれたけれど、やっぱりこうしてむすばれる運命だったのですよ。もうしかたありません。まわりの人にはなにもなかったようなふりをなさってください」

と、冬日をなだめている。

（まあ。あのお声は宰相の中将さま。夏雲さまだわ。なんてこと……）

左衛門はすっかり動転してしまったが、さわぎたてるわけにもいかず、たしかに夏雲のいうように、もうしかたがないこと、せめてほかの人々には知らせるまいと思い、侍女たちにいった。

「姫君はもうおやすみになりました。わたしがおそばにいますから、みなさんは、せっかくの月や花をたのしんでください」

若い侍女たちはよろこんで外へ出ていった。

冬日は混乱して人ごこちもなかった。結婚以来、春風と枕を並べてやすんでいたけれど、いつも春風はただおだやかにやさしく話をし、ことばで変わらぬ愛をちかう。だから男というものはそんなものだと思っていたのだ。それなのに夏雲は強引でせっかちで、冬日の思いもおよばぬあらあらしい動作でせまるのであった。

「ああ、あなたはまだ経験がおありでなかったのか。なんとふしぎなこと。ごぞんじでしょう。あの世へ旅立つ三途の川では、女は、現世ではじめて契りをかわした男に背負われてわたるという、いいつたえを。

あなたを背負うのは、ぼくですよ。こういう運命だったのです」

夏雲のことばも耳にはいらぬように冬日ははげしく泣いた。夏雲はいじらしくていっそうかわいく、いつまでもそばにいたいが、春の夜はみじかく、早くも明けてしまう。左衛門がいらいらしてせかすので、夏雲もしかたなく、「ぼくの気持ちをすこしはおわかりください、つぎの逢う瀬を待ちます」と、泣く泣く帰っていった。

冬日はただショックで、いまにも死んでしまいそうだった。起きあがることもできず、夢うつつでいる。侍女たちが、ご気分がおわるいのかしら、といろいろ介抱しているところへ、夫の春風が宮中から帰ってきた。

（顔をあわせたくない。つらいわ）

冬日は夜具をかぶってしまう。

「どうしたのか」

春風の問いに、侍女たちが、ゆうべからご気分がおわるいらしくて、と答えた。

春風はかわいそうに思って、冬日の髪をなでてやりながら、

「どんなふうなの。いままでなにもきいていなかったが、どこか痛むのですか」

そのやさしいいたわりかたも冬日の胸にこたえる。春風のやさしさとは正反対の、夏雲の強引なあらあらしい仕打ち、冬日は混乱して、なにを考えることもできない。しかしなぜか、夏雲のしたことを、ひたすら、にくいともいえない奇妙なここちでもある。

冬日の病状を案じて、母君が、お祈りやらお祓いをするので春風も病人につきそっていた。

左衛門のもとへは、夏雲の手紙がひっきりなしに送られてくるが、春風がつききりなので、冬日にとりつぐこともできないでいる。

三

夏雲は恋にやつれていた。左衛門が夏雲に同情してくれるのをたのみに、せっせと冬日に恋文を書くが、それはまだ冬日の手にわたっていないらしい。冬日はあれ以来、病人のようになっていると左衛門からの返事である。

夏雲のほうも、物思いに、食事もとれないほどで、いつもとちがいほかの女をおとずれる気にもならない。

長いこと恋していた冬日と、あんなことになったのだからうれしいはずなのに、苦しみがつのってしまった。冬日は春風の妻だから、あう機会をつくるのはむつかしい。

それにしても「病人のようになっている」という冬日のいじらしさ。

(そうだろうなあ。あんなにとりみだして息もたえだえにおどろき、声も出ないようすだったもの……)

夏雲は思い出して、いっそう冬日が恋しいが、

(それにしてもなんで春風は冬日を、うわべばかりの妻でおいておいたのだろう。春風は気のやさしい男だから、冬日の心が成熟するのをゆっくり待ち、精神的な愛情でまず冬日の気持ちをほぐそうとしたのか。どうも気どった、いやみなやつだな。

しかし、こんどのことでは春風もくやし泣きしているだろう。これからは、かえって

ほんとの夫婦らしくなるんじゃないか）

と思うと、夏雲はねたましさに、目までのぼせてきた。いっそあの冬日をぬすみ出したいと思うが、

（いやしかし、ぼくとすこしでも心をかよわせ、やさしいことばをかけあったというのなら、ぬすみ出すこともできようが、いきなりあんなふるまいをしたんだからなあ。あのひとは子どもっぽくかわいかった。あんなようすでは、春風のように物やわらかにやさしく話しあう人のほうが好きだろう。ぼくなどは乱暴でいやなやつだと思うかもしれない……）

と、夏雲の物思いは果てしなかった。

四

春風は公務もあるので、いつまでも冬日の看病をしているわけにいかなかった。

「どんな具合ですか。きみが気分がわるいと、ぼくまでおちこんでしまいそうだよ。元気を出して起きてみたらどう？」

と、冬日にやさしくいう。冬日は答える気もせず、ただ夜具をかぶって泣いていた。

春風にはその涙の意味がわからない。

（ぼくのことをだれかがわるく告げ口したのだろうか）

などと、これも晴れぬ思いで宮中へ参内した。宮中で夏雲が病気で臥せっているということをきき、春風は帰りの道すがら、見舞いによった。夏雲は青ざめてことばも少なく、視線をあわそうともしない。春風はなにごころもなく、

「きみ、顔色がよくないね。いつものじょうだんも出ないじゃないか。よほど具合がわるいらしい、じゃこれで失礼する。おだいじに。じつはぼくの家にも病人がいるので心配でね」

——去ってゆく春風を、夏雲はぼんやり見送った。夕がすみにつつまれた桜の花より、なお美しい春風。

(あんな美しい男を日夜、見なれていたら、ぼくのような者は、冬日は気に入らないだろうなあ)

と思うにつけ、夏雲はもう一度冬日にあいたいと、身もだえするほど恋しかった。左衛門を責めつづけ、どうかして冬日にあわせてくれとしつこくたのむので、左衛門も情にほだされて、春風が宮中の宿直で家をあけるような夜、ひそかに夏雲を案内して冬日にあわせるのであった。

そのたびに冬日は泣きながら、

「もし人に知られたら、あたしはもう生きていられないわ」

というのであるが、たび重なるうちに、男のはげしい愛やこがれる思いの、あわれをさとらずにはいられない。

春風のように、おだやかでつつましい態度を見なれた冬日には、

「あいたかった、昼も夜も、きみのおもかげが目の前にちらついて、なにも手につかないんだよ。きみにあえるなら死んでもいい」

と口ばしりながら、あらしのように自分をもみくちゃにする夏雲の愛情のほうが、

(ほんものかもしれないわ……)

と思うようになっていた。

このことが、もし春風や両親や、世間に知れたら……と、そらおそろしくなるが、そのいっぽうで、おとなの契りの、情の深さにめざめてゆく冬日であった。

こうして物思いにばかり日をすごしていたので、冬日は自分のからだの変調にも気づかなかった。そばの侍女がまず気づき、父・右大臣に告げた。

右大臣のよろこびはひとかたではない。

「春風どのの愛情はいちずだったから、娘も幸せ、中納言どのによく似た孫が生まれれば、わが家の光というものだ」

右大臣は高笑いしつつ冬日の部屋へはいり、

「どうだね、安産のお祈りなど、さっそくはじめねば」

冬日は汗しとどになって返事もできない。父君は春風の子だと信じてこうもよろこんでいられるけれど、春風がきけばどんな気がするだろうと思うと、冬日は混乱するばかりである。

そんな冬日の心にかかわりなく、邸はにわかに明るい、おめでたい気分にあふれた。

「中納言どのがお帰りになれば、この、よい知らせをお耳に入れるように」

右大臣が冬日の乳母にいううち、早くも春風が帰ってきた。

「それ見よ、夜も早々とおもどりになる。あのかたのご愛情の深さが知れるではないか。わしはよくも春風どののような、りっぱな婿を思いついたことじゃ」

と、得意になって自慢しているのも、真実を知るものがきけば、親心をあわれに思うことであろう。

春風は夕食の給仕をする乳母があらたまって、

「若殿さま、およろこびを申しあげます。姫君さまがおめでたでございます」

といったので、がくぜんとして、顔に血がのぼった。乳母はそれを、恥ずかしがっているると見て、

(しっかりしておちついたかたのようだけど、さすがにお若いだけに、ういういしいこと)

と、好意をもった。

その夜――。

いつものようにひとつの帳台に並んで臥したけれど、春風になにがいえよう。冬日も夜具をかぶって汗と涙で顔じゅうをぬらしながら、つらさにたえていた。

(ぼくは世間なみの身でないのに、かりそめの姿とわかりながらいままですぎてきた。

早く世をすてるべきだった。しかし父や母がいるのに世をすてることもできぬ。男姿になって、才能や仕事では世間の男に負けなかった。

しかし男と女のありかただけはどうともできなかった。冬日の不倫の相手の男は、冬日が妻とは名ばかりで、未経験だったのを、さぞあやしんだことだろう。ぼくのことをばかなやつと思ったかもしれぬ……）

春風はそれからそれへと考えつづけると、一夜じゅう眠れない。

（だれだろう、相手は。妻をぬすまれながら、なにも知らずこの邸に出入りし、宮中へも参内するぼくを、さぞ、おろかなやつと見ている男もいるだろう）

そう思って、もんもんと夜を明かした。

朝になった。ふたりは背をむけたままだった。

春風はまず起きた。冬日を起こそうとすると、彼女もひと晩じゅう眠れなかったのか、ますます顔をかくしてしまう。春風はいった。

「むつかしいことになってしまったね。この数か月、きみは、妙によそよそしかったが、ぼくは自分にやましいところはないものだから気にしないようにしようと思っていた。――世間なみでないぼくのさまを、きみはどう思っただろうと、いまになっては気の毒に思う。しかし、もし事実をきみの父君がお知りになったら、どんなにきみをおとがめになることか。ぼくはそれがつらい。

きみはいったい、どう結着をつけるつもりなの。

ぼくより愛情の深いらしい人も、そのゆくすえまではどうかわからないよ。ぼくはきみ以外に心を分けず、いつもそばをはなれずにいるのが、かわらぬ愛のあかしと信じてきた、そのばからしさが、ぼく自身、くやしくも恥ずかしくもなるよ」

春風はちょっぴり、皮肉をにおわせていう。しかし心のなかでは、だれをうらむこともできない、すべては自分の不自然な人生から起こったことなんだ。と反省させられてくるのであった。世間ふつうの男なら、妻の裏切りを知れば、かっとなって嫉妬にくるうのであろうけれど、春風にはそんな気は起きない。ほほえみすら浮かべつつ、ほんのすこしの皮肉をまじえてしずかに妻をさとす。

（なぜ怒らないんだろう、このひとは）

冬日は混乱してしまった。

春風はふだんのように顔を洗い、口をすすいで衣をあらためると、毎朝の習慣どおりにお経を誦《よ》んだ。そのうちに心が澄んできた。

冬日もあわれ、わが身の宿命もあわれ、と仏さまはながめていられるだろうか……と思うのであった。

春風の読経の声をききながら冬日はいっそう泣いた。もともとは自分からこころざした裏切りではなかったけれど、男と女のありかたを知ったいま、いつか知らず知らず夏雲に愛がうつってしまった。それはやっぱり、

（罪深いことだわ。夫にたいしての裏切りだわ）

と思った。はなればなれになってしまった春風と冬日の心。

それをだれにもうちあけられない。ふたり並んでいて、ともに孤独だった。

右大臣は娘の懐妊をよろこんで、さっそく左大臣へも知らせた。

左大臣は、これは奇妙なできごと、近ごろ春風が屈託ありげにしていたのは、このせいか、とびっくりしたが、親子といっても、成人したわが子にたちいったこともきけず、世間的には、右大臣同様によろこんでいるふうを見せていた。

春風はそんな父君の思惑も心苦しい。

そういえば、冬日に接する態度も、すこし以前とちがってきた。以前のようにむつまじくできず、冬日のほうも、

（それが当然だわ）

と思い、うちとけないでいる。

それをまた春風のほうは、

（やっぱり、ほんとうの夫婦の契りがのぞましくなったのだろう）

と解釈して、うらむこともできず、冬日との仲はひえてゆく。

それを右大臣や奥方、侍女たちまで、

「妙だこと。お子がお生まれになるのだもの、まえよりご愛情が増すかと思ったら、かえって、さめてしまったらしい。こちらへおもどりになる日も少ない」

となげいていた。それをきく冬日は、真相を告げられないので身の置きどころもなく

つらく、

(……死んでしまいたい)

と思っていた。

彼女の苦しみを察することのできる男がいた。もちろん、夏雲である。夏雲は、かの左衛門から、冬日の懐妊をきいて、

(ぼくと冬日は、やはりむすばれる運命だったのだ。子どもまで生まれる仲だったのだもの……こうなればもう、世間へのえんりょも人の思惑も知ったことか、あのひとをぬすみ出してどこかへかくして住ませたい)

とまで気ははやるが、現実にそんなことができるわけのものでもなく、いらいらして思いみだれるばかりだった。

春風は、夏雲がふだんとちがって、物思いにしずみがちなのを見て、

(相手はこの男ではないか?)

とうたがうようになっていた。

(夏雲は昔から、冬日に思いをかけていたときくもの、どう考えても、ほかの男は思いつかない。——もし彼なら、ぼくのことをどう思って見ていたのだろう。そう思えば恥ずかしくもあり、腹もたつ……)

そう思うそばから、どうしてこんなつらい世の中にいつまでも生きていよう、親が悲しむと思えばこそ、いままで世をすてずに生きてきたのだが、そのおかげでこんなつら

い目にあう、と春風はしだいに、この世をいとい、仏の道にあこがれる気持ちが強くなっていった。

五

そのころ吉野山《よしのやま》に、ある宮がいられた。先の帝の第三皇子で、学識すぐれ、陰陽《おんみよう》・天文・夢判断・人相を見ることまで、くわしく通じていられた。中国へ留学されたが、その才能を見こんで、かの国のいちばんえらい大臣が、たいせつにしていたひとり娘と結婚させた。娘がふたり生まれたが、母なる人は亡くなった。

宮は悲しまれて、このまま中国で出家したい、と思われたが、ふたりの幼い忘れがたみの姫のゆくすえも気がかりでなやんでいられた。

おりわるく、妻の父だった大臣も、悲しみから病に臥して、やがて亡くなった。

宮は、よるべをうしなってしまわれた。

そのころ、再婚をすすめる人もあったが、宮はおききにならなかった。拒絶されたのをくやしがる人々が、やがて宮に危害を加えようとしているといううわさまできこえ、こうなると中国も住みにくく、やっぱり日本へ帰国しようと決心された。

日本への船旅は、女づれでは海竜王《かいりゆうおう》の怒りを買って船が沈むという、いいつたえがある。ふたりの娘たちをつれてぶじに日本へ帰れるかどうか。

しかし宮は、死ぬならわたしもいっしょに、と決心され、思いきって船に乗られて、海路を日本へと旅立たれたのである。幸いぶじに日本へつかれたが、宮中にはよくないうわさがささやかれた。

宮はむほんのお心があり、自分こそ帝に、とのぞんでいられるというのである。もとより、根も葉もないざんげんであるが、宮は御髪《みぐし》をおろし、自分から吉野山へはいられた。美しく成長したふたりの娘もともに、山奥暮らしをさせるのはかわいそう、とお思いになったが、

(そのうちにはきっとなんとかなる。姫君たちが人なみに世間に出ることもできよう)

と信じて、そのゆかりとなる人があらわれるのを待っていられた。

春風の中納言は、日々、この世をはなれたいという気がたかまっていたが、そんなときに、この吉野の宮のうわさをきいたのである。

宮のお住まいはまったく悟りをひらいた聖人のそれのようで、水の流れ、岩のたたずまい、都では見られない清らかな美しさでほっとします、ということである。

春風は宮のご生活にあこがれた。仲に立ってくれる人を介して、宮にお目にかかりたいことを告げると、それまではどんな人がたのんでもおあいにならなかったのに、ここころよく承知された。

春風は、ゆく先をだれにも告げず出発した。宮にお目にかかるなり、出家させてほしい、とお願いするのもあさはかに思われようし、今回はただ、宮のごようすを拝見し、

来世までもご信頼していることだけを申しあげよう、と思った。

周囲の人々には、「夢見がわるいので、七、八日ほど山寺で精進潔斎《しょうじんけっさい》いたします。人がくると修行もできないので、どことは申しあげないでまいります」と、とりつくろった。

旅立ちのときも以前なら冬日と話をかわして、別れ別れになるのを不安がり、むつまじくしたものだが、いまは冬日の心のなかの男の目も気になるから、そんなこともしない。

春風の態度に冬日も気づく。春風が冷たくなれば、それと反対に、冬日の心は夏雲にむかう。春風が変わってしまったのを恥ずかしく悲しく思いつつも、夏雲には、

（深い縁があって、子どもまで生まれるんだわ……）

と、しみじみする。そんなわが心のうつりかわりを、冬日自身、せつなく思った。

おりから九月、紅葉が色づき、見知らぬ山路をたどる春風は、もしこれが出家するための道であれば、どんなにあわれは深いことかと考えずにいられない。

宮のほうではお部屋をかたづけ、お召し物をかえて待っていられた。

「中納言さまのおこしでございます」

という知らせで宮は、こちらへ、とむかえられる。

春風中納言の姿は美しかった。もようの線が浮きあがるように織られた綾《あや》の指貫《さしぬき》には、ところどころ秋草の刺繍がある。尾花色《おばないろ》の金泥《きんでい》を散らした狩衣《かりぎぬ》を着、つやつやした紅《くれない》の

衣《きぬ》をはおった姿はあでやかといっていいほどである。宮はなんと美しい人だろうと思われる。

春風から見た宮は、現世の欲を断って仏道修行にはげんでいられるためであろう、清らかにやせ、おつむは青々とそられて、春風の想像したよりは若々しく、気品のあるかただった。

ふたりとも、ひと目見て、相手を好もしく感じた。話がはずむにつれ、宮は春風がその若さに似ず学識の深いこと、人柄のりっぱなことに感心された。

(姫君たちを世の中へ出してくれる手引きとなる人は、この人だったのかもしれぬ。……運命がこの人を、こんなところへ、つかわしてくれたのだ)

そう思われたので、宮はいままでの身の上をへだてなくお話しになった。中国へわたって学問をおさめられたこと、かの地の女性との結婚、日本へ帰国して、ざんげんにあい、みずから身をしりぞいて仏門にはいり、吉野にかくれ住んだこと。……ほんとうはもっと山の中へこもりたいのだが、若い姫君ふたりがあまりにかわいそうなので、世捨て人の暮らしに徹することもできないということなど。

「なるほど、そんなご事情でしたか」

宮のお話に春風も涙をさそわれ、

「じつは、わたくしも人にいえぬなやみがございます……」

この宮なら、これからの人生の道しるべを教えてくださるかもしれぬと信頼して、春風はふしぎな自分の生まれつき、そのための悲劇、いつかは世をすてたいと思っていることを話した。

宮は春風のなやみの原因を見ぬかれた。

「それはいろいろとお苦しみでありましたろう。しかしそれもしばらくのことです。あなたの苦労は、前世からの因果によるのです。この現世だけのことではありません。もっと広く物ごとを見ることです。世をなげき人をうらむというのは心幼いこと。現世をおすてになることはありません。将来は最高の運命をきわめられることになるでしょう。のちにわたしの予言が思いあたられますよ……」

――最高の運命、とはなんだろう、と春風はいぶかしく思った。宮はすべてにおいてすぐれたかただから、人の見えぬ未来がわかり、運命も感じとられるのであろう。しかし、いまの春風は八方ふさがりの感じで、将来の開運など考えられない。

宮は姫君おふたりが、気にかかってならないという話をなさった。春風は姫君たちの保護を引きうけましょうと約束した。

話はつきず、二日、三日、……と春風は宮のおそばにとどまり、お話をうかがった。中国のこと、日本のこと、地獄から浄土の話、それに書物の話題。宮はまた、春風の学問と才能にいよいよ感心される。題をあたえて漢詩を作らせると、力づよく胸をうつ漢詩を書く、筆をとらせれば、その筆跡のみごとなこと。

（すぐれた人が日本にもいるものだ）

と、お思いになった。

宮は姫君ふたりを春風に紹介された。

「とりつくろうことはない。心配しなさるな。すてきなかただよ」

と、姫君たちにいわれ、ご自身はあちらへいってしまわれた。

小さな御殿に姫君たちはいたが、春風がすわっても声もしない。

「お声もかけていただけませんね、この吉野ではいつもこう、しずかなんですか」

と、春風が話すと、几帳《きちょう》をへだてたむこうから、

「峰の松風《まつかぜ》が話しかけるばかりですわ」

と、ほのかに答えるのは姉君らしい。上品でおくゆかしい風情だった。

(夏雲だったら見すごさないだろうなあ)

と、ふと春風は苦笑させられてしまう。

「これからは、うとうとしくなく、たがいにお親しくしていただきたいものです」

と、春風はいったが、世間に出たこともなく、こんなときの男のあしらいかたも知らない、うぶな姉妹の姫君たちは、きまりわるがっているばかりだった。

しだいに明けゆく暁の光で見る姉君は、白い衣につつまれた、なよなよしたやさしい姿、色白でかわいくけだかい。春風は男の気持ちになって心ひかれた。

それからは夜々、姉妹の部屋へいって月をながめながら語り明かしたり、琴をひいたりした。宮は、

「よかった、よかった。仲よくなさい」

といわれるのみである。春風は思わず、夢のような日を重ねてしまった。

二、三日と思ったのに、十日も都をるすにしてしまった。父君母君も心配していられよう、右大臣もどんなにうらんでいられようと、春風はやっと帰る気になった。

別れにあたって、宮のご一家、それに仕える人々にもくばった。

宮の贈り物は、中国から持ってこられた、日本にはないような貴重な薬のかずかずだった。

帰り道の野山では紅葉の色がこくなっていた。ずいぶん日かずが経ったんだ……と、春風は感慨があった。

父・左大臣の邸にもどると、

「ほんの二、三日かと思ったのに、ちっとも帰らないから、このまま世をすてるのではないかと、案じない日はなかった。いったいどこへいっていたのか、軽々しいふるまいはつつしまねばならぬぞ」

左大臣は食事ものどを通らぬ日々であったが、やっと安心して、春風とともに膳にむかうのであった。

「右大臣どのが、おまえの愛がひえたらしいとなげいていられる。他人の目には角のたたぬようにしなさい」

と教えながら、左大臣は春風を見ているとおのずと笑みが浮かぶ。はなやかに美しく、世間でも重く思われて、いよいよりっぱになってゆく春風。世間なみでない身とはいえ、自慢のわが子にはちがいなく、

「わしが生きているうちは、やっぱり朝晩となく姿を見せておくれ」

と涙ぐむのだった。

六

右大臣家では、七、八日といって出かけた春風が十日以上も帰らないので、右大臣はなげいていた。

冬日は、(わたしのせいなんだわ)といたましく悲しく、しかもそれをだれにもうちあけられない。それなのに春風の不在をよい機会とばかり、夏雲は侍女の左衛門に泣いて、手引きをたのむ。恋になやみ、涙をこぼしてかきくどく夏雲を見れば、左衛門もつい心弱く手引きして夏雲を、冬日の部屋へ案内してしまう。

冬日はそれをつらいことに思うものの、人目をくぐって、命がけでしのんでくる男を見ては、

(これこそ、ほんとの深い愛情かもしれない……)

と、しだいに思うようになり、夏雲に心がかたむくのをどうしようもなかった。

夏雲はもとより、いとしさが増すばかり、冬日の心のひらくのを感じて、いっそうかわいい。なげきながら、罪を重ねるのをつらがりながら、夏雲によりそう冬日がいとしかった。しかしひとときのみじかい逢う瀬がすぎれば、別れ別れにならねばならない。たがいの涙と涙がまじりあい、夏雲の苦しみは深まる。

春風が右大臣邸へもどったとき、右大臣は大さわぎして、みずから掃除のことまでいいつけ、侍女たちを美しく着飾らせ、冬日にも、

「さあさあ、横になっていないで起きて、きれいにお化粧でもしなさい」

と指図する。そうして婿のようすを物かげからうかがっていた。

春風は冬日のそばにゆったりとすわった。

「思わず長いことるすをしたけれど、きみが心配して手紙でもくれるかと思った。でもくるはずもなく、がっかりして、きまりわるいけど帰ってきたよ」

といった。冬日は答えようもなく顔をそむけている。

「なるほど。それほどぼくをきらっているんだね。久しぶりにあったので、めずらしさにご機嫌をなおしてくれるかと思ったのに」

と、横目で春風はいいながら、口ほどはうらむふうも見せず、ただ物思わしげにしている。のぞいている右大臣としては、身重の妻にたいして春風がいかにもよそよそしく冷淡に見え、納得できなかった。

冬日の姿はなまめかしくたよたよと美しい。髪が衣のすそにかかるさまなど、男が見

ては見あきない魅力だと思うのに、春風は手さえのべようとしない。

しかし春風の美しさも、冬日に負けるものではない。

(やはりほかの男では見劣りしただろう)

と、右大臣はそんなことも考えてみた。

夜の床を並べても、ふたりに会話はない。以前はしみじみと話しあうだけで、それなりにこまやかな心の交流があったのに、いまはとぎれてしまった。

背をむけて、ふたりは横になる。

(真実の夫婦でない、ということがわかった冬日の心を、とりもどすことはできない)

と、春風は思う。それも当然と、うらむこともできない。

(いいや。……どうせこの世は仮のやどりだ)

と、春風はしずかな絶望につつまれるのであった。

第三章　狂おしい夏

一

冬日が出産したのは女の子だった。

最愛の娘のお産というので右大臣は心配で、たえずご祈禱を命じていた。左大臣も、世間のてまえ、へんに思われてはならぬと、これも安産のお祈りをさせていた。そのかいあってか、いたって安産で、かわいい女の子だった。

大臣家に生まれた姫君は、やがては未来のお妃、帝の母君ともなろうという運命である。右大臣はすっかりよろこんで、産屋《うぶや》の設け、出産の儀式もたいへんりっぱにおこなった。

右大臣の奥方がだいている赤ん坊を春風はひと目見て、

（夏雲の子だ）

と直観した。まちがいなく夏雲に似ているおもざし、

（やはりそうだった）

と、胸も苦しい。

（昔から仲よく、へだてなくつきあっていた友人だ。その友人が相手だったとは。夏雲のやつ、ぼくのことをどんなにふうがわりで、ばかなやつだと思っているだろう）

と思うとたまらなく恥ずかしく、傷ついた。

冬日は出産の疲労からぐったりとやすんでいる。

春風は近づいて、おめでとう、でもなく、ごくろうだった、ともいわず、

「ちょっとききたいけどね」

冷静にいった。

冬日ははっと目をあげて春風を見る。ふつうのときでさえ、こちらの気がひけるほど端正な春風なのに、まして、ひけめのある冬日は、春風の顔がまともに見られない。

「他人のおもかげを宿した子を、かわいいわが子としてそだてなければならないというような話、世間にもあるだろうか」

冬日は答えられない。夜具に顔をかくしてしまう。春風はどうしてもひとことといいたかったのだ。

（まあいい。どうせぼくは、いつまでも現世にいるつもりはない。いつかは世をすててしまうのだから）

と思いながらも、あまりにもふしぎな運命のつらさに、涙がこぼれそうになる。お祝い気分でさわいでいる人々に涙を見られたりしたらいぶかしがられるかもしれぬと、春風は冬日のそばを立ち去ったが、冬日もまた、あとでひとり、苦しんでいた。

こんな春風や冬日のいざこざを知らず、邸の人々は、春風が、出産をさほどよろこばないのを、

「人柄がお年より老成していられ、おちついていられるせいだ」

といっていた。

子どもが生まれると、三日目、五日目、七日目、九日目と、誕生祝いがもよおされる。お七夜は、なかでもわけてたいせつな祝宴で、まねかれた上流貴族たちはこぞって集まった。夏雲だけが、病気を理由に欠席した。じつはひそかに冬日の出産を案じていたのだが、人づてにうわさをきくだけなので思いあまって、こっそり、左衛門をおとずれたのだった。

「今夜、ちょっとだけでもあえないか。子どもが生まれるほどの深い縁があったんだ。あのひともきっと、それをわかってくれるはず」

左衛門は、とても見こみはない、と思ったけれども、気の毒にもなり、冬日のやすむ部屋へようすを見にいった。

たまたま、人かげはなかった。年のいった侍女は台所であれこれ指図していたし、母君は客へのみやげものをしらべるため、自分の部屋へ引きこもり、侍女たちはみな出て

いる。

冬日は今夜、入浴したあとなので、人のいないところで横になっていた。

（かえってよかった、こんなときで）

と、左衛門は明かりを暗くして夏雲をひき入れる。冬日は（わるいときに）と思うが、今夜のことも、子どもの生まれたことも、ふたりの仲のどうにもならぬ宿縁のような気がして、気強く帰すこともできない。

灯はそんなに暗くはなかったから、冬日の姿も夏雲によく見えた。白い衣につつまれた、ほっそりと小柄で美しいひと、夏雲はどんなにお産のぶじを祈っていたか、

「きみがもし命をおとすようなことがあれば、ぼくもすぐに死のうと思っていた」

などとかきくどく。冬日もふたりのふしぎな関係に泣かずにいられない。夏雲はいつまでも冬日をはなしたくない。

宴会のさわぎがかすかにきこえてくる。春風が拍子をとって「伊勢の海」という歌を歌っているらしい。夏雲は思った。

（彼もかわった男だ。こんな美女を妻としながら、なぜ手もふれないのか。それでいていつもなにかなやむようす、あるいはほかに思いをかける女でもいるのだろうか？）

こちらは春風、祝宴の席で、着ている衣《きぬ》を人に祝儀としてぬいであたえたので寒くなり、こっそり着がえをしようと冬日の部屋にはいった。

と、帳台のなかで、ただならず、あわてた気配がする。のぞいてみると、たったいま、

人がすべり出たらしく、扇や畳紙《たとうがみ》をおとしている。冬日は度をうしない、それをかくそうという機転もはたらかないようだった。ぶざまな恋人たち。

春風はしずかによって、枕もとにおちている扇を取りあげ、灯のもとによってながめた。赤い紙に、竹に雪のふるさまがえがいてあり、裏には気のきいた歌など書き散らしてある。筆跡はまさしく、宰相の中将・夏雲のもの。

（やはりだ。彼が冬日の男だったのだ）

と、春風は思った。

（忍び入るつもりで、祝いの宴に欠席したのだ）

ふつうなら嫉妬に怒りくるうところだろうが、春風はさめた気持ちで、屈折した傷心をもてあます。男というものはもともとそんなものなのだろう、と思う。しかし冷静な理性はむしろ、冬日に批判的だった。

（よりにもよってこんなときに。ぼくがいないときも多いのだから、そんな日をえらべばいいのに、人の出入りの多いときに、はしたないではないか。もし人目についたらどうするのか。——それにしても、夏雲とはかなり深い仲らしい。これからどうしたものか。冬日と別れるのも世間体が……。といってあのふたりが、こんなに堂々と忍びあっているのに、ぼくが知らぬ顔でいるというのも、非常識だ）

考えあぐねて結論は出ない。祝宴はつづくが、春風は浮き立たない。

二

夏雲は冬日との人にかくれた恋になやみながら、色好みのくせで、冬日だけに心は占められるのではない。

あの、左大臣家の秋月姫、いまは宣耀殿《せんようでん》の尚侍《ないしのかみ》とよばれる人に、いつまでもあこがれをささげている。そうしてとうとう侍女のひとりをくどきおとしてこっそり宣耀殿へ忍び入った。

評判の尚侍の美貌をはじめて夏雲は見た。春風にくらべていっそう上品で優美である。夏雲が心こめて求愛しているのに、やさしげなありさまでいながら、気よわく折れるということがない。秋月はいう。

「もうすぐ父君も中納言（春風）もまいりますわ。こんなところを見られては、あなたもわたくしもこまった立場に立たされます。もしわたくしに、真実の愛をもっていてくださるなら、ひとまずここはお帰りくださって、あとでお手紙をくださいませ。のちの逢う瀬をたのしみに」

という声も春風そっくりである。

「その約束、信じられますか」

「むろんですわ。わたくしもたのしみにしています」

愛らしい口調に、夏雲はそれ以上、押してとどまることもできず、ぼうぜんと引きさがった。

ところがそののちきっぱりと手紙はこない。だましすかされて追われたのだ、と気づくと夏雲はねたましく悲しく、うらめしかった。

もうひとりの冬日とも、このごろは人目がうるさいのでおたがいに慎重になってめったにあえない。

冬日と秋月のかわりに春風にあって心なぐさめよう。春風と夏雲はたがいの関係を知ってはいるが口に出さない。夏雲はそしらぬふうを押しとおし、春風は表面だけはいつもどおり、親しそうなふりをしている。

右大臣邸へ出かけてみると、「殿は、左大臣邸へお出かけです」という。それではと左大臣邸にむかった。

ぎょうぎょうしい訪問にせず、こっそりと、いつも春風の部屋になっている西の対へいってみると、ひどく暑い日なので、春風はくつろいで着物もぬぎ散らしているところだった。

夏雲を見て、春風は、

「これは失礼。こんなかっこうなので」

と、奥へにげこもうとする。

「あ、どうぞそのまま」

というのに春風は奥へはいる。侍女もいない部屋なので、夏雲も心やすく、つづいてはいった。

「こんな見苦しいかっこうをしているんだよ」

と、春風は笑ってそこへ腰をおろす。

「いいよ、そんなこと。長いことあえないからさびしかったし心ぼそかったんだ。にげないでくれよ」

「だってこんなかっこうだからね」

「それじゃぼくも暑苦しいから、着物をぬごう」

「いいね、それなら」

と、春風はいった。涼しいところへ敷物を敷いてふたりとも横になり、夏雲はうちわで、春風をあおぎながら、とりとめもない話をかわす。

夏雲から見る、きょうの春風はひときわ美しかった。紅《くれない》の生絹《すずし》の袴に、白い生絹の単衣《ひとえ》、くつろいだその顔は暑さのためほんのり赤らんで、いつもよりはなやかに美しい。手のかたち、からだつき、袴の腰をむすんだあたり、腰の線もくっきり透けて見える。

顔も手も、雪のように白い。夏雲は内心、

(なんて美しい。こんな女がいたら、ぼくはもうむちゅうになるだろうなあ……)

と思うと、われ知らず、むちゅうで近よって、ひしと春風にそうてゆく。

「よしたまえ、暑いじゃないか」

　春風はいうが、夏雲はききいれない。いつか日が暮れ、涼風がたった。夏といっても夕方になれば、さすがに風は初秋《はつあき》のにおいをもたらす。

　夏雲は春風をはなそうともせず、めんめんと秋月姫への思いを語る。お手紙をあとで、とたくみにかわされたうらめしさ、毎日どれほど秋月姫のことを思っているか……。それをききながら春風は、

（冬日にもこんなふうにいいよったのか。なるほどこんな美青年に、こんなに情熱的にせまられたら、女ならほろっとくるだろうな。冬日に加えて秋月まで、とは、恋には欲ばりな男だ）――そう思って、

「きみは秋月ひとりに恋しているんじゃないんだろ？」

　春風は皮肉な笑いをもらして、冬日ときみの仲は知っているんだぞ、とほのめかす。

（知っていたのか）

　と、夏雲はたじろいだが、それよりも春風の美しさにのぼせてしまった。ふだん、宮中で勤務しているときのまじめな態度、そして仲間づきあいのうちとけた場合でも、とりすまして、すきのないおかたいようすとはまったくちがう、しどけない、うちうちの下着姿。そんななりで、しかも横になりながら笑う春風に、夏雲は目をうばわれ、思わず理性をもうしない、

「きみにくらべれば、ほかの人はものの数じゃないよ」

　と口ばしって春風をだきしめようとする。

「なにをするんだ。——そうだ、ぼくは父によばれていたのを忘れていた。失礼するよ、きみ」

と起きようとするのを、夏雲はなおも起こさない。春風のからだに手をかけて、

「いいじゃないか、もうすこし」

「はなしたまえ。正気をうしなったのか、無礼じゃないか」

春風がことばつきをあらためてしかっても夏雲はききいれない。ひきたおしてだきよせる。

夏雲はそのとき、じっさい、正気をうしなっていた。

(これは……どういうことだ？　……)

自分でものぼせてわけがわからない。あまりに冬日を恋い、秋月に思いをよせたせいで、夢を見ているとしか、思えない。

だきしめた春風の手ざわりは女性のそれだ。

同性とばかり思っていた年来の親友は、異性だった。身なりも髪のかっこうも男なのに、だきしめたからだは、ふくよかに、どきどきする心臓とやわらかな乳房が手にふれる。夏雲は心みだれてしまった。

(なんだ、これは。まさか、こんな奇妙なことが……。では、では、春風の中納言は、じつは女だったというのか)

夏雲はむちゅうになって理性をうしなった。情熱にまかせて行動する。春風のほうは

声もなく必死にあらがう。しかし、姿かたちは男性でも、本来は女性の春風は、力では夏雲に勝てない。夏雲に組みしかれてしまう。

「まえから、きみが好きだった。きみの美しさに心うばわれていた……」

夏雲は口ばしりながら春風の白いのどに、くちづけする。

「きみが女ならどんなにいいかと思ったり、していた。夢のようだ。……こうなる運命だったんだ。きみは新しい世界を知るんだよ」

そのとおり。

春風は理性や教養にかかわりのない、新しい人生の一面を知らされた。いままでは学問や経験、それにけだかい人柄、そんなものだけが世の中をうごかしていると思っていた。しかしその考えは、人生のごく小さな、ひとつの部分にすぎなかったのだ。……春風はただぼうぜんとして混乱するばかりであった。

(こんな目にあってしまって。……ながらえるべきでない世の中にながらえたばかりに、こんな悲しい、屈辱的な目にあってしまった。身の秘密も知られてしまった)

そう思うと春風は涙がとまらない。それが夏雲にはいじらしく、いよいよ愛らしく思われる。

「悲しむんじゃないよ。春風。これはしぜんですばらしいことなんだ。泣かないで。きみもすぐ、そう思うようになるよ。自由になった、一人前のおとなになった、と、のびのびするここちを味わうだろう。ああ、でもぼくはもうきみからはなれられない」

夏雲は帰ろうとしない。本性《ほんせい》を見ぬかれたいまは、夏雲にどんな態度をとればいいか。春風はとっさに、いろんなことを考える。いまさら夏雲をなじり、怒ってみても、秘密を知られた以上はしかたがない。強く出て夏雲と絶交すれば、夏雲は世間に、おもしろおかしく秘密をもらし、世間はあさましくうわさするだろう。それよりも夏雲を味方にして秘密がもれないようにしたほうがいい。吉野の宮がいわれたように、こんな苦労は、この世だけのことではなく、前世からの因果によるものとすれば、しかたがない、こうなる運命だったのかもしれない。——夏雲をつきはなしては、つごうのわるいことになるかもしれない……。

春風はそう思い、夏雲にいった。

「ぼくの秘密を知って、きみはさぞおどろいたろうけれど、ぼくの立場に同情して、いままでどおりに人目をつくろってくれればうれしい。それがきみの愛情だと思う。ふつうの女なら、きみも人目を忍んでたいへんだろうが、ぼくが男姿でいるかぎり、世間はさりげない男友だちのつきあいと思うだろう。そうすれば、このぐらいの機会はまた、つくれるよ」

親しみをよそおい、春風はいった。夏雲は、たしかにそうだ、と思いながらも、いっしゅんでも春風と別れられない。それを、なだめすかして、やっと帰らせた。

春風はひとりになり、ぼんやりして、まだ夢のなかで夢を見るここちだった。ショックが大きくて、立ちなおれない。

恥ずかしさと、心をふみにじられた悲しみ。二度と夏雲にあいたくない。しかし社会的地位のある身、公務も待っている。職場へいけば夏雲と顔をあわせずにはいられない。世間から身をかくしてしまおうか。父君や母君がどんなに悲しまれることか。

春風は気を引きたてて父君の部屋へいった。

「おお、きていたのか」

と、いつくしみ深く、にこにこと父は春風を見守って、

「右大臣が、おまえの訪れが少ないとさびしがっていられるらしい。人のうらみをうけないようにするがいいぞ」

「はい。しかしおうらみをうけるようなことをしたおぼえはないのですが」

父の前で、春風はともに食事をした。右大臣邸へ出かけようとすると、そこへ夏雲からの手紙がとどけられた。

〈どうしたらいいのか。このいっしゅんもきみが恋しくて、死にそうだよ。日の暮れぬうちにあいたい。愛している〉

春風はうっとうしい思いだったが、友人からの手紙に返事しないのも、男姿のてまえ、人がへんに思うだろうと、いつものように、きまじめに書いた。

〈あちこちに死ぬ死ぬといっていられるらしいのをきいています。そういう人は長生きなさるものです〉

夏雲はその手紙をうけとって、せつない気がした。つめたい書きぶりといい、みごと

な字といい、ことさらりっぱに見えて近よりがたい気がする。しかも日暮れまでにあいたいといったのに、それについてはふれていない。

（あいたくない、ということだろうか）

夏雲はおりかえし、また手紙をやる。

〈ぼくが死ぬといっても、きみにはこたえないようだね。だけど、ちかっていうが、まだこんな物思いはしたことがなかったよ〉

春風が右大臣邸についたころ、この手紙を持った使者がきた。春風はこまったが、手きびしくいって夏雲の機嫌を損じるまいとの一心で、返事を書いた。

〈ぼくの立場も考えてくれ。世にもめずらしい身の上のつらさ、きみよりみだれる心を〉

うけとった夏雲は、さすがにもっともだと思いながらもほろほろと涙がこぼれる。

三

夏雲は右大臣邸へ出かけていった。返事をくれた以上、あう気があるのかと、ひとすじののぞみにすがっていったのに、春風は家のものを通じて、「からだぐあいがわるくお目にかかれません。失礼のおわびは、あらためて参上して申しあげます」と、きっぱりしたことわりかただった。夏雲はうらめしくて、もはや人目もかまっていられない。

「ぜひお話ししたいことがあります。せめてお部屋の入り口までおいでを」

と申し入れたが、

「気分がわるくなければ、なんでおあいしないことがありましょう。いまは胸苦しさがひどくて、ものもおぼえぬ状態ですので、どうかおゆるしください」

との口上をつたえるだけで、姿を見せない。

夏雲は悲しくてやるせない。この邸にはもうひとり、夏雲の愛する女性、冬日もいる。あのひとは、自分の心をわかってくれたのに……などと思い、立ち去りにくい邸ではあるが、人目もはばかられ、すごすごと帰った。

春風はあつかましく世間に出て、夏雲に顔をあわせる恥ずかしさにたえられず、からだをこわしたといってずっと外出しなかった。

夏雲は毎日のように見舞いにいくが、あってもらえず、むなしく帰るのもつらかった。ようやく春風が宮中へ参内するということをきき、あわてふためいて自分もただちに参内した。やっとのことで春風にあえたうれしさ、長いこと恋いつづけた人にめぐりあった気分だった。

春風のほうは夏雲を見るなり、さっと顔を赤らめたが、すぐ態度をとりつくろって他人行儀によそよそしいそぶり、夏雲がなれなれしく近よるのをゆるさない雰囲気である。

夏雲もとくべつな間柄だということをしめせない。おちつかず、情けなかった。

春風は帝のお召しで、御前へまいった。帝はいつものようにおそば近く召されて春風をじっとながめながら、尚侍《ないしのかみ》――秋月姫のことをお話しになる。

帝は春風のことを、

（美女ときく秋月姫は春風によく似ているというわさだが、たしかにこの春風が化粧して髪を長くしたらどんなに魅力的な女性になるだろう）

と、お思いになるのであった。

春風は、あまり親しく馴れるのは夏雲の例でこりている。帝のしめしてくださるご好意にたいし節度を守って、きまじめな態度をくずさず、

「やはり秋月は、世間ふつうの人のような結婚は、考えていないらしゅうございます」

と申しあげた。

帝はなおも春風をおはなしにならない。お気に入りの人なので、つねに春風をおそばに置きたく思われ、あれこれとお話しになる。

夏雲は別室にひかえていて、気が気ではなかった。帝が自分のように、春風が女であることを見ぬかれたら、もうほかの女性に目もうつらず、ひたすらご寵愛なさるのではないか。そう思うと胸は心配でつぶれそうになるのだった。

やっと春風が帝の御前をさがってきた。夏雲は待ちうけて、いつも休息所にしている部屋へつれてゆく。

春風もむりにはなれることもできず、そのままいっしょに、宿直《とのい》、というかたちになった。

いつもなら、このふたりがそろうと、宮中の殿上人《てんじょうびと》たちもおしゃべりをたのしみに集まるのだが、夏雲が内々の話があるというふうにするので、人々はいつとなく散っていった。

夏雲はふたりきりになると、泣く泣く、春風のつれないそぶりをうらむ。もしこんなところを他人が見たらどんなにへんに思うだろうと春風は気が気でなく、きっとして、いった。

「よさないか、きみ。人目があるじゃないか。もしぼくをほんとに愛してくれるなら、目立つようなことをしないでくれ。めったにあえないという仲ならともかく、ぼくたちは仕事がら、あうおりは多いじゃないか。それともぼくの弱みをにぎって、ぼくをあなどっているのか」

心弱くひるんでは、夏雲につけいられてしまうだろう。春風は、ぎゃくに高姿勢に出て、怒っているふうを見せた。夏雲はしおれて、

「そういうなよ、きみ。むしろ、めったにあえない仲、というならかえって助かるさ。それより明け暮れあいながら、よそよそしく、とりつく島もないようすを見るさびしさ、苦しさ、それがつらいんだ」

春風もその気持ちはわからないでもないが、それより人目のほうがだいじだった。

「けっして人に気づかれぬようにすること」

を、夏雲に約束させた。そうして、

「冬日とのことは知っていたんだ。しかしぼくは世間なみでないからだだし、どうして冬日をとがめられようと思ったから、気づかぬふうをしていた。あの人も運命のぎせいになって気の毒な人だ。しかるべき機会があれば、なぐさめてあげてほしい」

夏雲は春風にすこし申しわけない気もしたが、春風のことばのなかに嫉妬心はまじっていないらしいので、

(このひとには、かくしだてしないと知ってもらおう)

という気持ちから、冬日との関係のはじまり、それに、いまでは冬日によっては心がなぐさめられないことなどを、あらいざらい話すのだった。春風を愛したいまは……。

それをきく春風は、

(なんといやな男ごころだろう)

と失望してしまった。

(ひとときは冬日にすっかり心をうばわれていたくせに。これこそ男の移り気というものだろう。いまぼくを愛している、といっているあいだは、ぼくのことも口外しないだろうが、あらての女ができたら、かわった女がいたよ、と口軽くうわさするのだろう)

と考えると春風は心配になり、

(よりにもよってこんな男と、のがれられぬ宿縁でむすばれたなんて)

と思うのもゆううつなことだった。

四

このようにして夏雲の宰相の中将は、宮中でもどこでも、影のかたちにそうように、春風の中納言にぴったりくっつき歩いていた。しかし春風は、夏雲ののぞむような、愛をかわす機会はきっぱりさけていた。

男どうしとしての交際は仲よくつづけていたが。

それでも、ぬきさしならず、男と女としてあうおりがつくられてゆく、そういうときは春風はやさしい女に変貌した。ふつうでない運命に生まれつき、のがれることのできない因縁によって契りをむすんだ男と思えば、夏雲のいうままに心をよせ、やさしくする。

しかし、いったんはなればなれになると、めったにそんな機会をつくらず、あいもせず、冷たい態度をくずさない。夏雲はなげきを深くしてゆく。春風はいった。

「ぼくより、なやみ苦しんでいるひとにあってやってくれよ」

冬日のことである。春風は知らぬ顔でそれとなく機会をつくって、夏雲を冬日にあわせるのであった。

これはなんとも妙な関係である。うわべは、春風は冬日の夫なのだから。……しかし冬日がいまは夏雲にしみじみした愛をいだいているのを見ると、夏雲は、これこそ世間なみの、ふつうの男女の愛なのだと思う。以前のように春風に知られないかという恐れがなくなったので、いまはしげしげと冬日のもとに通う。

冬日もすっかり心ゆるして夏雲に信頼と情愛をよせるようになった。

それでも夏雲の心をなかば以上、占めているのは春風への執着と愛である。

春風はふたりのなりゆきをすっかり知りつくしていた。

(奇妙な関係だなあ)

と思いつつも、いままで以上に冬日にやさしく接した。

夏雲のことなど知らぬふうで、冬日にいたわりのことばをかけるのも、

(この俗世にいつまでいることか。……やがてはこの人とも別れ、世をすてるのだから)

と思うせいだった。

いつものように、月のさわりのあいだ、六条の乳母の家へこっそりうつった。

夏雲は春風の動静につねに注意をはらっていたので、なんとそこへ忍んでいったのである。

柴垣のそばにかくれてうかがっていると、春風が縁ちかく、脇息《きようそく》にほおづえをついて物思いにふけっていた。

時雨ぎみの空は一日じゅうくもっていたが、夕方の空のようすがおもむき深いので、すだれはあげてある。人のいないところだと思うせいか、春風は男のかぶりものをぬい

で髪をはなし、女の身なりになっていた。紅色《くれないいろ》の衣《きぬ》の上に、うす紅の唐綾《からあや》の衣を重ね着しているその姿の美しさ。春風は涙をぬぐって、ひとりごとをいった。

「時雨より、ぼくの涙で、袖がぬれる。いつまでこの世にいるわけでもないのに……」

夏雲はそれをきくと恋ごころに胸しめつけられて、そっと近より、

「ぼくも涙と時雨にぬれたが、きみにあいたい一心でやってきたんだ」

といった。

春風はびっくりしたが、時が時だけに、なつかしくもあり、

「べつにきみを待って涙ぐんでいたわけじゃないよ」

といった。

人もこぬかくれ家、夏雲は自分にさえ居どころを知らせず、こんなところでひとり、物思いにふけっている春風の冷たさをなじれば、春風も場所がらから、空のけしきから、心ぼそさに人恋しい気持ちになっていたこととて、夏雲にうちとけ、やさしいうけこたえをした。

衣をうちかさねあって臥し、あれこれと語り明かし、夜の明けるのも気づかず、ふたりはむちゅうですごした。

近くで見る春風は、夏雲にはたまらずいとしかった。男姿でいるときは、近よることもできぬ、よそよそしいたたずまいで、きっぱりと男らしかったが、いまはなよなよと、やわらかくうちとけて、こんな魅力的な女にいままで、あったことはない、と思わせた。

（あの冬日は、人目をさけねばならぬ人妻だったから、たまにあったときはうれしかった。しかしそれでも世間ふつうのよろこびだった。ところがこのひとは、世間も自分も男として見なれてきた人だ。それがひそかに女にもどって、自分に、やさしく愛らしく、なびいてくるすばらしさ。……このひとを、男としてまた世間に出すのはつらい）

夏雲はそう、思った。

こんなに愛している春風を、自分ひとりのものとして、家にとじこめ、だれにもあわせたくない気がしてきたのだ。

「ねえきみ。きみを長年、男として見てきたが、いまこうして見ると、小説のなかの美しい姫君より、ずっとずっと美しいよ。こうなった以上、きみは女姿にもどるべきじゃないか。ぼくたちはもう、夫と妻になった。昔から、『女の三従』という教えがあるのを、博学なきみが知らないわけはないだろう？　女は幼いときは親に従い、結婚したら夫に従い、老いては子に従う、というんだ。きみは夫のいうことに従わなければいけない」

春風はためいきをついて、夏雲のいうことをきいていた。

春風は夏雲と馴れ親しむにつれ、夏雲のいう、「新しい世界」になじんでいった。彼は、男と女の契りを「しぜんですばらしいこと」といった。「自由になった、一人前のおとなになった、と、のびのびするここちを味わうだろう」と教えた。

それはほんとだった。春風はいままでの人生が知識だけのものにすぎないのを知った。

おとなの世界は底深く、厚みのあるものだと悟ったのだった。しかし夏雲の指図のままに従うことは、また自由をうしなうことになるんじゃないか？

そんな心配やうたがいが、胸にわいている。

「しかしねえ、ぼくは男姿で生きる習慣が身についてしまっているんだ。急に女になって、家の中へとじこもることができるかどうか……」

春風はためらう。夏雲はいった。

「ほら、きみのその、男ことばからして、なおさなくちゃいけない」

「えっ。ことばまで……」

「当然じゃないか、女は女らしく……」

夏雲は、恋いこがれていた春風を、何日も自分ひとりで独占して愛したので、すっかり上機嫌だった。春風が女にもどるのは当然と信じてうたがわないが、春風はそんなにかんたんに生きかたを変えることができようとは思えなかった。

毎月、身をかくしてこもっているときより、今回は長びいて日かずもたった。婿の足が遠のいたと、右大臣がなげいているかもしれない。そう思うと気の毒で、春風は冬日にあてて手紙を書いた。

〈いつもの病気がよくならないので、まだこちらにいます。しまいにはどうなるのかと心ぼそくて。生きていてもかいのない身ですが、みんなと別れることを想像しますと、やはり悲しくなります〉

右大臣は娘より先にその手紙をあけてみて、

「どうしてこんな不吉なことをおっしゃるのだろう」

と、心配になるのだった。

冬日は内心では、自分のあやまちから、夫が絶望して、世の中にのぞみをうしなったのではないかと自分を責めていた。それを知らない父君もいたわしく、また、ひそかな愛人の夏雲が、このごろどうしたのか、以前よりは愛がさめたように思われるのもつらかった。

それとも知らぬ父の右大臣は、

「お返事をさしあげなさい。おまえをいとしく思ってくださるように、心こめて書くんだよ」

という。冬日は気おくれしながらも書いた。

〈わたしこそ、つらいことばかりで生きる勇気も出ないと思っているのに、そのわたしでさえ死なないで生きていますわ。あなたもどうぞ、「生きていてもかいのない身」なんて、悲しいことおっしゃらないで〉

やさしく美しい筆のあとだが、春風はあまり見たくもなく、それに夏雲の目にふれさせたくないと思うので、ひらこうとしなかった。夏雲は（冬日からの手紙だろう）と察して、むりにうばいとって見た。

夏雲は読むなり、胸がいっぱいになった。

〈つらいことばかりで生きる勇気も出ない〉という冬日。なんという可憐なひと。春風にむちゅうになって、冬日のことを、忘れるというのではないけれど、ついつい、かえりみないできてしまった……。

その夏雲のようすを、春風は冷静に観察していた。夏雲は手紙を読みながら、顔色をかえ、真剣になっている。それを見れば、彼の、冬日にたいする愛情のほどがしのばれるというものだ。

(やっぱり、冬日を愛しているのだ。ぼくといるときは、ぼくのほかだれも愛さないと、真剣にちかうくせに、やっぱり冬日にたいする愛情は深いのだ)

そう思うと、夏雲のいうように、女姿にもどって彼ひとりのものになり、家にとじこもるなんてことに、気はすすまない。

(こんな多情な男をたよって、自分の人生をすべてあずけていいものだろうか?)

春風の心に、夏雲への不信感がわく。――夏雲はそんなことに気づかず、

「この世ばかりか、きみとは来世までいっしょだ」

とむちゅうでいうが、春風はうまくいいなだめて、かくれ家から彼を送り出し、自分も右大臣の邸へ帰った。

五

十月ごろから、春風の身に変化がおきた。毎月、四日か五日のあいだ、みんなには持病がおきたと思わせ、こっそりと乳母の里へこもってすごしていた月のさわり……それがなくなったのだった。気分がいつもとちがい、

（どうしたのだろう？）

と、心ぼそかった。

右大臣の邸にずっといて臥せっていると、冬日は心配して、妻らしくこまごまと世話をする。こうして見ていると冬日は、上品で愛らしい美人だった。

（ぼくをうらぎったとしても、この冬日がわるかったわけじゃない。……むしろ、ゆるしを乞うべきは、ぼくのほうなんだ。もしぼくがゆくえをくらましてしまったら、あとで、いい思い出をもってほしいな。いい人だった、と思い出してもらえるように）

そう思うので、春風は冬日にやさしく話しかけ、感謝の気持ちをあらわすのに心こめた。

若い夫婦がむつまじくしているのを見る右大臣は、うれしく満足で、春風の病気回復をねがって、お寺にお祈りさせていた。

冬日はまた妊娠したらしい。あまりうちつづいてなので、人ぎきも恥ずかしいと、冬

日はまだだれにもその気配を話さないでいる。

春風はがくぜんとした。

自分はなにかの病気だと思っていたが、……食事もほしくなく、どうかすると吐きもどし、やつれてゆく状態。

(冬日とおなじだ)

妊娠したのだ、と思った。夏雲との日々が思い出される。こうなってもふしぎはないのだった。

こんどこそ情けなくて、深い山の中へ身をかくそうかと、ほんとに考えた。

自分ひとりでは、いい考えも浮かばない。といって人に相談できることでもない。親にも恥ずかしくて、うちあけられない。やはり夏雲のほかには相談する相手はいなかった。

夏雲は春風がからだの不調でこもっているあいだ、あえぬうらめしさに人目もかまわず何度も見舞いにかこつけ、やってくる。わずらわしく情けないが、なんといっても奇妙な縁でむすばれたふたりと思えば、夏雲にしみじみした情もわく。春風は例の六条の乳母の家であうことにした。

夏雲は春風を待ちこがれて、やっとあえたよろこびでいっぱいのようすだった。

春風は男姿でいたから、このさい、妊娠の事実を告げるのも恥ずかしかったけれど、ここまできては、うじうじすることはできない。きっぱりいった。

「きみとこんな関係になったのをなげきつづけるうちに、とうとう、月を重ねることになってしまった。きみとの宿縁が、いまとなってはただうらめしく、いとわしいばかりだよ」

夏雲はおどろいた。

しかし彼のほうは、話をきいて、よろこびをおさえることができない。

「そうか、ぼくたちの子が生まれるのか、ぼくにはうれしい。きみは、ぼくとの縁を、いまとなってはただうらめしく、いとわしいばかりだというけれど、ぼくはちがう。ふたりの運命は浅くない縁でむすばれていたんだと思う。神がふたりをむすばれたのだ。そのお心にたがわぬようにしようじゃないか。やっぱり、きみは女姿にもどるべきだよ。ぼくはもう、きみと男どうしのつきあいはしたくない。いまはまだ若いから宮中でいつもふたりでいてもへんではないが、それぞれ年がゆくと、べつべつの暮らしになる。めったにあえなくなるだろう。

これはいい機会だと思うよ。

きみも死んだつもりになって、いままでの男としての人生をうちきって、女として生きたらいい。もう決心しなさい」

春風はまだまよっていた。世間に知られて、

「あの春風中納言は、じつは女だった。いまでは邸の奥深くとじこもっている」

などとうわさされたくない。とすれば、男の春風はとつぜん失踪した、ということに

なってしまうだろう。

父や母を悲しませることになろう。それもいたわしい。考えあぐね、せつなくなって春風は涙が出てきた。

「ぼくは世間なみな人生を送っていない、と自覚したときから、この世をいつかはのがれよう、出家しようと思っていた。なのに、両親の悲しみを思ってついつい、この世に生きつづけ、きみには、身の秘密を知られてしまった。そのうえ、自分で自分の身のしまつもつけられない。……なんて、情けないんだ」

春風は袖を顔におしあてて泣いてしまう。

はなやかに美しい青年貴公子という姿の春風が、思いあぐねて泣きしずむさまは、いっぷうかわった魅力だった。

「きみの苦しみはわかるが、すべて運命だったのだから、しかたがない。あまり考えすぎるなよ。それより、きょうあすにでも女姿にもどって、世間からかくれてしまいなさいよ」

夏雲はけんめいになぐさめる。

たしかに、このままでいられるはずはない。いずれはそうしなければならないだろう。そのとき春風のあたまに浮かぶのは、男として活躍したいままでの人生のたのしさだった。

国政の現場で、なみいる大臣や高級官僚を前に、堂々と自分の意見をのべたこと。

政務を処理して、自分でさばき、決定をくだしたこと。

または、はなやかな宮中の行事で、人々から注目されたこと。

花の宴《えん》、月の宴、自分のつくった詩や和歌を、帝をはじめ、人々にほめられたこと。

宮廷貴公子の花、とたたえられたあの日々。

あの記憶を、あの人生を、われから消してしまおうというのか。

「男として生きるのは、あんなにもたのしかった。はなやかな人生。……ぼくはあれを、うしなわなければいけないのか」

春風は泣いて苦しむ。

そのさまを見る夏雲は、

(これはほんとに、女姿にもどる決心をしたんだな)

と思ってうれしかった。

(この春風を、ぼくの妻にして家のなかにすえよう。冬日もやがては、ぼくが世話をしたい……)

そんなことを考えると、あれこれ思いみだれている気持ちもややおちつくのだった。

六

春風はしかし、夏雲の思うように、女姿にもどって、夏雲の邸の奥深く、とじこもろうと決心したわけではなかった。

春風は、夏雲をあまりたかく買ってはいない。

（彼の人柄はかわいげがあってやさしみもある。男のなかには、無神経であらあらしいやつ、ひとりよがりで、ごうまんなやつ、女や目下にいばるやつ、いろいろいやなタイプも多い。しかし夏雲はどこかかわいげがあって憎めない。それに女にやさしい。それだけにどの女にも親切で、女好きだ。まして、この女はもう自分のものだと思うと、安心して、あらての女にむちゅうになるかもしれない。そうなったら、どんなにくやしく、また世間のものわらいにもなろう。

このていどの男に身をまかせ、家にとじこめられて生涯を終えるなんて、やっぱり、いやだ。

といって、いつまでも世間で活躍するというわけにはいくまい。……あともう、ひと月かふた月か。……世をすてるというより、命をすてようか）

春風は身の処置について、そこまで考えるようになっている。

もとより夏雲はそんなことを知るはずもなく、春風のことは解決したと思って、あらたにまた妊娠した冬日のことが心配になり、むりにつごうをつけてあいにゆく。

春風はそれを知って、うらめしいが、夏雲をせめるのもはしたない気がしてだまっていた。

やがて年の暮れであった。十二月三十日という日、春風は父の邸にいった。年末でさわがしかったが、左大臣は春風をよろこびむかえた。ところが、ひどくやせて、やつれた春風を見て、左大臣はおどろいた。

「まだ具合がわるいのか。お祈りをさせねばならんな」

と、いそいでお祓いやお祈りを命じる。春風は、父の情けが身にしみて、

(これでぼくが、ゆくえを絶ってしまったら、どんなに悲しまれるだろうか)

と思うと涙ぐまれるのだった。

父はいう。

「おまえのやっかいな生まれつきを、わたしは身の災難と思って、命もつきる思いがしていた。それがいまでは高い官位にすすみ、宮中へ出仕もする身分となった。人さまにほめられ、愛されて、わたしもどんなに肩身がひろいか。わたしはしあわせ者だと思っていたのに、そんなに病気がちで、思いしずんでいるのを見ると、生きるはりあいもなくなってしまうよ。元気を出しておくれ」

春風は悲しかったが、むりに笑顔をつくって、

「思いしずんでなどいませんよ。ちょっと気分がよくないだけで――」

ほしくはなかったが、父を心配させるまいと、父とともに食事をした。母は、父ほど神経がこまかいほうではないので、春風の、つねでないようすには気づかないらしい。いつものように、単純に春風のおとずれをよろこんでいた。

春風はそれとなく両親に別れを告げにきたつもりだった。

新年になった。

（ああ。この世に、こんな姿でいるのもあと、なん月か……）

人は年のあらたまった祝いに浮かれているが、春風はさながら、ことわざどおり「生《い》け簀《す》の鯉」という感じで、一日一日とせまるこの世との別れを思っていた。

（いよいよ最後の正月だ。せめて身のまわりのものを清らかに……）

牛車《ぎつしや》や下簾《したすだれ》、榻《しじ》まで新調した。随身《ずいじん》たちにも色合いまで気をつかった衣類をつくってあたえた。

自分の衣装はいうまでもない。表着《うわぎ》から下がさねまでかがやくばかりに美しいものを身につけた。ふるまいも心くばりも、ひとしお優雅に、まず両親の邸へいき、新年の祝いをのべる。

（いつもより美しい……）

と、父は思った。

宮中へ参内すると、春風の美しさは人々をおどろかせた。内心深く死を決意している春風の、おのずからあふれる雄々しい意気ごみが、それとは知らぬ人々の心をも打つのであろう。

（いつも美しい春風の中納言どのだが、きょうはまた、りりしくて、光りかがやくばかりではないか）

と、人々はささやきあう。

夏雲も他人よりはすぐれた姿かたちで出仕していたが、春風を見、人々の感嘆のささやきを耳にして、

(これほどの美しさで、宮中の人気者となれば、女姿にもどりにくいのではあるまいか)

と、心配していた。思わず春風をじっと見つめてしまう。春風はさりげなく夏雲の視線をかわして、ふつうにふるまい、それでいて夏雲につけいらせない。

公の場所なので、夏雲もどうすることもできなかった。

春風は宮中の宴会や行事に参上して忠実に職務をはたし、政務を評議する。帝は、どんな身分高い、老いた大臣たちの考えより、春風の中納言の意見のほうをすぐれているとお思いになって、ご寵愛はいまがさかり、というありさまである。

その年の三月一日、桜が例年より美しくさいて、恒例の花の宴が宮中でもよおされる。その道の博士たちが召されて、漢詩の題を出させられる。

人々はその題をいただいて、詩文をつくった。

春風の中納言の詩文は、人々をはるかにぬいてみごとだった。

帝はそれがことのほか、お気に入られ、お衣装をぬいで、ごほうびとして賜る。春風はこういうときのならわしどおり、お礼の舞をした。

桜の花よりも美しいその顔色。

みやびやかな、そのものごし。

まことに、宮廷にさく花こそ、この春風の中納言よ、と人々はもてはやす。それを見る左大臣も右大臣もうれしさかぎりなかった。

日が暮れて、こんどは音楽会となった。

春風は笛を吹いた。

(これも最後だ。この世の吹きおさめ……)

そう思うせいで、音色はすごいばかり空にひびきわたる。

帝は深く感動され、春風を、近衛府《このえふ》の長官である右大将《うだいしょう》に任命された。夏雲もまた昇進して、権中納言《ごんちゅうなごん》となった。

死を決意した身に、栄えの昇進、とはなんと皮肉なことであろう。

右大臣邸へもどると、邸の人々はよろこびにわきたっていた。

夏雲は、春風のついでに昇進したのだと思い、さほどうれしくない。それより、春風のことを考え、

(あの美しさ、あの才能。それを埋もれさせてしまうというのは、やっぱりたいへんなことだろう)

もしや春風が、男社会の生活に、みれんをのこすのではないかと心配になって手紙を書いた。

〈昇進のよろこびで、ぼくとの約束を忘れたりしないでくれよ〉

昇進の祝いに人々がざわめいている右大臣邸で、春風ひとりはあれこれ、思いみだれ

ていた。そこへ夏雲の手紙である。自分のことを考えてくれるのは彼だけだという気もして、返事を書いた。

〈いよいよ物思いが重なります。約束どおりしたら、どうなるのかと思えば……〉

夏雲は、ほんとにそうだろうと、春風のなやみを察し、同情した。いまはふたりとも高官になって、あうことはいよいよむつかしい。しかし、

(いずれはぼくのものとなる人だ)

と思って、心をなぐさめていた。

春風は身重のからだが目立ってくるにつれ、心ぼそい。宮中で宿直《とのい》がちにすごす。そういうとき夏雲もやってきて、ひそかに打ちあわせをしたりする。

あるとき夏雲はこっそり手紙の返事を書いていた。使いの者にわたすのに、春風にかくしてはへだてがあると思われるのも心苦しく、といってかくさねば先方にわるいし……というようす、春風は、

(ははあ、冬日への手紙だな)

とさとって、

「だれからの手紙だい。見たいものだ」

というと、しようがないなあ、というような夏雲の態度である。春風にはかくしごとしないと知ってほしい夏雲は、ふざけて春風がうばいとるのにまかせている。

きれいな紫色の紙に、墨色うすく、ほそい線のやさしい字は、まぎれもなく冬日の字

である。

たぶん、夏雲から、〈目の前にいる人のご昇進をさぞおよろこびでしょう〉とでもいってやった、その返事なのだろう。

〈目の前にいる人って、春風さまのこと？　あのかたは、形式だけの夫だわ。わたしにとってたいせつなのは、秘密の恋人のほうよ。あなたのご昇進をひそかに、どんなによろこんだことでしょう〉

春風はショックだった。

察してはいても、目の前でこう、あからさまに、よその男を愛しているとはっきり、宣言せられては……。

「どうも薄墨でよく見えないな。だれからの手紙だい？」

といいまぎらせてかえすと、夏雲はいい気になって、

「なんと書いてあった？」

とからかう。

「さあ、よくわからないよ、なんのことだか」

と、話をうちきった。

しかし内心、春風は思う。

（男も女も、人の心はあてにならない。冬日はどこか少女めいて上品で世間知らずのように見えるが、こんなだいたんなことを、かげではするのだ。ぼくひとりが、がまんし

ているぶんにはいい、しかし彼女の秘密の恋や、夏雲が忍んでゆくことなど、いつかは世間のうわさになる。ぼくにとっても、みじめなことになる。

おとなしげな冬日でさえ、こうなんだ。まして世間一般の男や女の心は、どんなにたのみがたいことか……）

春風は絶望するが、それも、いまとなってはどうでもいいこと、自分はいずれこの世を去る身、と思えば、いつもにかわらず冬日にはやさしく接して、内心をもらしたりしなかった。

（こうしているのも、この月だけだ）

と思うので、父の左大臣邸へは毎日ゆき、宮中の宿直《とのい》もつとめた。

もともと春風は人とつきあうのに、距離をおいて、むやみに親しくしなかった。それで、「りっぱな人だが、よそよそしい。身分を鼻にかけていられるのか」という見かたをされていたが、このごろはちがう。どんな人にもうちとけ、親しく目を見あわせ、侍女の話にも耳かたむけた。

（この人と、こうしてつきあうのも、しばらくのあいだだ）

（この人とも別れるのだ……）

そういう思いが春風の胸にわく。どの人にも思い出があり、それぞれになつかしかった。男として生きたいままでの人生で、むつみあい、親しんだ人々。

（さようなら。……あなたも。あなたも……）

ひとり、ひそかにそう思うので、宮中で出あうどの人にも、なつかしい、したわしい、まなざしをおくるのであった。家に引きこもっているよりは宮中で宿直をして、それとなく人々に別れを告げたかった。

そんな宿直の夜。二十日あまりの、月の出ないころ。

いつだったか、麗景殿《れいけいでん》のあたりで、そこはかとなく、ことばをかわしたひとのことを思い出した春風は、人々も寝しずまったころ、そっといってみた。

「このまえは冬だった。……春の夜の闇ではよけい、あえないだろうね」

このあたり、と、おぼしいところで、そうよびかけてみると、

「おさがしの人は、待ちかねてどこかへいってしまったかもしれませんわ」

とこたえるのは、まさしく、あのときの人である。

人恋しい気持ちになっていた春風はうれしくて、

「ちょっと話していい？」

と、よっていった。

「ええ、どうぞ」

と、やさしくむかえてくれる。

（ああ、この人ともお別れ……）

と、春風はしみじみ思うのであった。

第四章　男ごころ女ごころ

一

四月になった。

まだ春風は死ねない。自殺は親を悲しませて不孝なことだとも思い、また、み仏もおゆるしにならぬであろうとも思い、なやみ苦しむうちに日はすぎてゆく。

いよいよ身重のからだは動作も不自由になったが、公務をおろそかにできないので、春風はむりをして出仕していた。

夏雲は気が気ではない。

「どうしてそのままでいるのか。人目について真相を知られたりしたら、たいへんじゃないか」

と、くりかえし注意する。

「ぼくの父の邸が宇治にある。そこへきみをむかえようと思って準備させている。早くそこへきなさい」

春風はいよいよ最後の決断をせまられた。夏雲に一生を託したくないと思いながらも、ではどうするかという決心がつかない。

死ぬのは罪深いこと、という気になっている。ではどこへ身をよせ、子どもを産もうか。吉野の宮を思い出したが、あんな清らかなお住まいで出産することもできない。姫君たちに、

（まあ、春風の中納言って女でいらしたの？）

なんてびっくりされるのも、恥ずかしい。

乳母に世話してもらうのも、気がひける。

やはり、夏雲にたよるしか、ないか……と思った。夏雲以外の人に、身重のからだを知られるのも、恥ずかしい。

子どもができた、といったとき、夏雲が、「ぼくにはうれしい」と、よろこびをおさえることができず、いってくれたこと。「ふたりの運命は浅くない縁でむすばれていたんだと思う。神がふたりをむすばれたのだ。そのお心にたがわぬようにしようじゃないか」ともいった。

それは夏雲の、かわいげであった。男の、にくめなさだと思った。

春風は決心し、夏雲と、宇治へいく日をきめた。

それはいよいよ世の中から身をかくす日でもあった。

春風は吉野の宮をたずね、ひそかにいとまごいをした。

宮は春風の訪問をよろこんでむかえてくださった。いまはふたりのあいだにへだてもなく、春風は、あからさまではないが、それとなく自分のなやみをうちあけると、宮もお察しになったようで、

「いろいろご苦労なされたでしょうが、だいじょうぶですよ。しばらくのごしんぼうです」

といってくださり、身を守るお祈りをしてくださって、お薬もあれこれ、賜った。

姫君たちにも、しんみりとごあいさつする。

「この姿を変えても、ここを最後のおちつき場所とたのみにしておうかがいします。三か月ほどはお目にかかれませんが、もし寿命のつきる運命なら、そのときは、これが最後となりましょう。でももし生きながらえることができたら、こんな姿でなくて、もっと親しみ深く思っていただけるような姿になって、お目にかかります」

姫君たちはなんのことか、さっぱりわからなかったけれど、春風の思いつめたことばに悲しくなって、

「きっとまた、おいでくださいませ。わたくしたちのこともお忘れになりませんように」

といった。春風は宮ご一家の生活もご不自由でないように、援助をあれこれ、さしず

して去った。自殺はしないときめても、お産で命をおとすかもしれない、そういう気もあった。

冬日ともお別れだった。

女姿にもどっても、命さえあれば、父や母とはまたあえる。しかし冬日とあうことはもう、あるまい。そう思うと、冬日と暮らした年月のあいだの、彼女のいいところばかりが思い出された。

冬日もしだいにおなかが大きくなって、そのさまも、愛らしい。もはや夏であった。部屋のかざりつけも、冬日の衣装も夏のものになっている。藤がさねの衣に、青朽《あおく》ち葉《ば》の小袿《こうちき》を着た冬日は、なよなよして美しい。

そばには、まるでお人形のような、小さい姫がいる。ものにつかまって、やっと立つくらいに成長し、この姫も、冬日に似て、とてもかわいい。

春風は思わず、小さい姫をだきよせながら、

(この母子《おやこ》にも二度とあえないだろう)

と思えば、冬日も姫もたまらずなつかしかった。春風は冬日のそばへより、

「もし、ぼくが死んだら、かわいそうと思ってくれますか」

というと、冬日は顔を赤らめて、

「あなたより長生きできたら、ね……。でもわたしのほうが先立つかもしれないわ」

という姿の愛らしさ、ほんとうは、彼女は夏雲に〈春風さまよりも、あなたのほうが

たいせつ〉と手紙を書いた人なのだ。それを思えば、愛もさめるはずなのに、いまの春風には、それもいとしいのであった。

「きみがぼくのことを、なつかしく、かわいそうな者、と思い出してくれるなら、ぼくもどんなにうれしいか。……きみのことをだいじに思ってきたが、きみはほかの男のほうに気をとられているようだ。きみにとって、わるいうわさが流れたら、きみが気の毒だと思ったりして、あれこれなやみつづけるうちに、なんだか心ぼそくて生きていけないような気分になった。でも、きみを愛してることに変わりはない。きみもいつかぼくのことばを思い出すだろうよ」

冬日は返事もできぬようすだった。

その日こそ、春風が、夏雲と約束した日であった。

いまはもう、父のもとへもいくまい、と思った。父の姿を見れば決心もにぶるだろう。秋月のいる宣耀殿《せんようでん》へ出かけようとして、冬日にいった。

「これから宮中へ参内《さんだい》するよ。宿直しなければならぬようだったらするし、そうでなければすぐに帰ってくる」

春風はよちよちとあとを追ってきた小さな姫をすこしあやして、

(はた目には親子と見えるだろうが、これを最後に他人どうしとなるのだ)

と思うと、涙ぐまれた。

行列の用意がととのうまで春風は縁に立っていた。人々はなんという美しい若殿だろうとほれぼれと見るが、春風は、目にはいるすべてのものに別れを告げていたのだ。結婚以来（それはいつわりの結婚生活であったが）なじんだ邸、侍女たちまでなつかしかった。

宣耀殿にゆくと、秋月は庭のなでしこを見ているところだった。春風がきたのにえんりょして人々が出ていったので、春風はいった。

「去年の秋ごろから、からだが不調で、心ぼそく、もう長くはないのではないかと思っていました。ふつうの人なみでない人生を送っていますし、もしものことがあると、両親のお悲しみはもとより、たったひとりのきょうだいであるあなたが、どうおなげきかと思うと、胸もつぶれそうな気がします」

涙ぐんでいうと、秋月もうなずいて、

「世間を知るにつれ、わたくしも、自分がどんなに変わった人生を歩んできたかがわかりました。このままではいられないと思いつつ、ついいままですごして……」

と、涙をこぼす。春風から見る秋月はやはり美しい女だった。春風は、

（ああ、本来なら、ぼくがあのようにして）

と思い、秋月のほうもまた、

（自分があのように男姿にならなければいけなかったのに）

と思い、きょうだいでないとわかりあえない秘密の苦労を、しみじみとうちあけあった。

そうして春風は去っていったが、

(いつにないようすだったわ……)

と、秋月は胸さわぎを感じて春風を見送ったのだった。

二

春風は供の者たちにいった。

「こよいは宣耀殿にうかがっている。明朝早く、牛車《ぎっしゃ》でむかえにくるように」

それで人々は帰っていった。

入れちがいに夏雲がそっと網代車《あじろぐるま》に乗ってやってきた。これは夏雲や春風などの乗る車とちがい、いちだん低い身分の人の乗るものである。人目をさけてそれに乗り、宮中の門を出るここちは夢のようである。

車は宇治へむかう。

月は明るく澄み、道々のけしきも風情があった。

(とうとう、きてしまった……)

春風は思う。もう引きかえせない。わが身はこれからどうなるのか。幼いときから手なれて吹いた横笛《おうてき》がある。これも、もう吹けなくなる。笛は男の奏でるもの、とされ、女は吹かないならわしになっている。……男姿のいまを最後、と、春風は吹く。

夏雲は春風の悲痛な思いにはとんじゃくなく、笛のいい音色にさそわれて、扇でてのひらをうって拍子をとりながら歌った。

ついてみると、なかなか風流な住まいだった。家具調度もきれいにととのい、夏雲の乳母《めのと》の子などが侍女として待ちうけていた。

春風は車からおりるが早いか、後悔した。しかしもう、もどるすべもなく、夏雲もおそらくはなしはしないだろう。

翌朝、格子をあげて外を見わたしても、春風はまだ夢うつつの気持ちで、現実のこととは思えない。

夏雲は愛する春風をやっと自分の手もとにおき、自分ひとりのものにしたと思って、うちょうてんだった。年来ののぞみがかなった気がして、春風に女の衣装をつけさせ、髪を洗わせた。いままで男姿で髪をみじかくしていたから、たらしてみるとふさふさと肩までかかるみじかさ、この時代の女性たちは、身丈ぐらいの長さの髪を誇っていたから、春風の髪だと、尼さんか子どものようだった。

「髪はすぐのびるよ。お化粧をしよう」

夏雲はみずから春風にお化粧をほどこす。女のお化粧はまず眉毛をぬいて、眉墨でかく。それから歯におはぐろをつけるのである。

いっぺんに春風は女になった。

男姿のときより、いっそうにおやかに美しさを増し、夏雲はうれしくてたまらない。

春風のほうは、かたちを変えてゆくわが身が気になって、夏雲のはしゃぎぶりがわずらわしいばかり、ひたすら悲しくて起きあがるのもいやだった。

夏雲は春風がいじらしくて、

「それごらん。こんな姿こそ、しぜんなんだ。きみが長いこと男姿でいたなんて、正気の沙汰じゃないよ。きみはもともと才能に自信があった。だから顔もかくさず人の前に出て、たくさんの人と交際し、自分の能力をためしたかったんだろう。それで男姿になったんだろう。きみは成功した。

有能な人物だと世間に評価された。きみは、女が、男社会にたちまじって、肩を並べてりっぱにやっていけることを証明したんだ。

だから、もう、いいじゃないか。

ここらでしぜんの本性《ほんせい》にもどって女になれよ。いくらりっぱだといっても本性をいつわって生きてゆくのは、道理に反しているよ。はじめはとまどうだろうけれど、こうして女にもどるのがふつうの暮らしなんだ。きみの父上のお耳にはいっても、けっしてわるいとは思われないだろう」

たしかに夏雲のいうとおりだった。

(夏雲は、つっぱるのをやめろ、というのだな。……たしかに男姿でいるうちは、ぼくはたえず、つっぱっていなければならなかった。それをやめよというのか。たしかにそれは楽ではあるけれども……)

そのかわり、自分の中心がなくなってゆくような気がする。いままでは公私につけ、自分が指図し、自分が命令し、物ごとをとりきめ、みんなを使っていたのに、いまはすべてを夏雲のいうままになり……楽ではあるけれども、なにかをとりおとしたような、たよりない気持ち……。

（でも、これでふつうの女になったのなら……。まえの男姿でなくても命さえあれば、また、いろんな人ともあえるんだ）

いつか、そんなふうにも考えている自分に気づく。鏡をのぞくと、髪のみじかさが、われながら見苦しく思われ、吉野の宮にいただいた薬のなかに、一夜に三寸（約十センチ）ずつ髪がのびるというのがあったので、それで毎日洗ってみた。

夏雲はその薬を使うときも他人まかせにせず、あれほど、おしゃれ男だったのに、着物の袖をくりあげ、みずから春風の髪を洗ってやる。春風自身はすっかり夏雲にまかせ、ぼんやりしていた。ときどきは、こうした身の上の変わりように涙することもある。あっという間に数日がすぎた。

京では翌朝、お供の人々が牛車をととのえておむかえにあがったところ、夜おそくお帰りになりました、という返事、ところどころをさがしてもいっこうにゆくえは知れない。毎月、数日をすごす乳母の家にも春風の姿はない。

吉野にもいない。

父の左大臣は悲嘆にくれた。

「そういえば去年の冬ごろからようすがおかしかった。しかしこんな老いた父母をすてるはずはないと思っていたのに……」

もし出家でもしたのなら、どこそこにいた、という、うわさも流れてくるだろうに、まったくとつぜんに、なんの手がかりもなく、春風は姿を消してしまったのだ。

宮中でも大さわぎになった。ぶじに春風がもどってくるよう、盛大なお祈りが神社やお寺にささげられた。あの宮中の花、といわれた春風が、とみな、心配せぬ人はない。

ところが世間には妙なうわさが、ひそひそとささやかれはじめた。(夏雲の権中納言《ごんちゅうなごん》が、冬日の君にひそかに忍んでいたのを、春風の右大将《うだいしょう》はうらんでいたそうだ。考え深い人だからがまんしていたが、ついにたえられなくなって家出したのだ。生まれた姫君も、じつは夏雲どののお子なのだ)

左大臣はそれをきいて、なるほど、と納得するところがあった。左大臣は親として、春風がじつは女であることを知っている。冬日が出産したのを妙なことと思っていたのだ。

(春風はひとりで考えあぐねて身をかくしたのか、かわいそうに……)

と泣いているところへ、右大臣がやってきた。この人も、春風失踪の原因がわからず、

「春風どのは、うちの娘を愛してはいられなかった。幼い子もおり、また妊娠している妻を目にしながら、姿をかくされるとは、どういうことでしょう」

と、左大臣に涙ながらにうったえる。左大臣も心みだれてつい理性をうしない、世間

のうわさですが、と前置きしてこうこうと語った。

きくなり、ことの意外さに右大臣の涙もとまり、おどろいてしまった。それとも知らず婿の不誠実をうったえたことよ、と恥ずかしくなってにげるように帰った。すぐ冬日の母に話したところ、母もはじめてきく話でおどろくばかり。

もともと右大臣は冬日をいちばん愛していたので、ほかの姫君やその乳母たちのうらみを買っていた。どの乳母がしたことなのか、だれかにあてた手紙のようにして、真相を書いて、それを右大臣の見つけそうなところにわざとおとしておいた。

それは、真実を知っている人しか、書けない手紙であった。冬日は秘密が保たれていると思っていたが、目ざとい乳母や侍女たちに、なにもかも知られていたのである。

〈春風さまは夏雲さまと冬日さまのことでいやけがさして姿をかくしてしまわれたのです。お生まれになったお子も夏雲さまのお子です。春風さまはわが子と思いよろこんでいられたのに、お生まれになってみれば、夏雲さまそっくり、そこへまた、七日《なぬか》の、産《うぶ》養《やしな》いのお祝いの宴のさいちゅう、夏雲さまが冬日さまのご寝所にはいって、臥していられたのを見つけられたのです……〉

さあこれを読んだ右大臣の立腹はいうまでもない。

右大臣は、孫である小さい姫君をしげしげと見た。いわれればなるほど、春風よりも夏雲のおもざしをそのまま、うつしているではないか。

うわさはまことだった。

怒りっぽい右大臣はあとさきの見さかいもなく、

「勘当だっ。どこへでも出ていけっ」

と、冬日をどなった。

「もう、おまえの世話はしない。わしの顔をよくもつぶしてくれたことだ。世間のきき耳も左大臣どのの思惑もある。春風どのにも、どの顔さげてあわれよう」

冬日は死ぬほど苦しかった。父の怒りももっともと思いながらも、愛しいつくしんでくれた父を、うらぎるようになった自分の運命も悲しい。冬日は父のようしゃない命令で、いつもの御殿からずっとはなれた、そまつなひとむねの部屋に追われた。

冬日や小さい姫を守って、いっしょにそこへうつったのは、侍女の左衛門である。

(冬日さまをこんな目にあわせたのは、もとはといえば、夏雲さまだもの。……夏雲さまに助けていただこう)

冬日の、きのうにかわる気の毒な境遇、両親に見はなされ、深くなげいて息も絶えそうでいらっしゃるようす、それを左衛門はこまごまと書き、まえに、夏雲の使いでやってきた侍にことづけ、

「きっと権中納言さまにおわたししてね」

とたのんだ。

三

こちらは宇治。

あっという間に二十日以上もたってしまった。父君母君はどんなに心配していられるであろうかと悲しく、まだ春風は夢を見ているようなここちであるが、これまで気分がすぐれなかったのに、安らかに横になっていられるのだけはうれしかった。

薬のききめか、髪もみるみる長くなって、いよいよ女らしくにおうように美しくなる。しかし顔にはうちしずんだ、思いみだれた色があって、夏雲にはそれも愛らしく見える。夏雲をたより、うちとけたさま、これがもとの、りりしく、雄々しかった春風の右大将とは思えない。

(すべて理想的な妻だ。昔から寝てもさめても、こんな人を妻にしたいとのぞんでいた。神や仏が、ぼくの願いをかなえてくださったんだ)

夏雲はよろこんで、春風が自分と結婚したことを後悔させないようにしよう、昔のことを思い出させるまい、などとすべてに心くばりするので、春風もおのずと心がなぐさめられてゆくのであった。

それに、ふたりのあいだに話題はつきない。なんといってもともに宮中で肩を並べた身、あの人はこうだった、この人はこう、と春風も思い出すことが多く、共通の話題がはずむ。

夏雲はにやにやして、

「きみは自分の能力をためしたくて、男社会にたちまじったんじゃなく、たんに男が好きで男のそばへよりたかったんだろ」

などとからかう。春風はききづらくて知らぬ顔をする……。

ちょうどそんなところへ、左衛門の手紙がとどけられた。

夏雲は春風に、かくしへだてのないことを見てもらおうと、その手紙の中身を話し、

「ぼくもこまった立場だけど、冬日もかわいそうだ。ぼくのためにつらい目にあって、と悲しんでいるだろう。気の毒に」

春風はいわずにおれない。

「そうさ、ぼく自身が世間なみでなかったから冬日とうまくいかないのは当然だったけど、もともとは、きみの手あたりしだいの浮気ごころが原因じゃないか。それを思うと、きみがうとましくなる。……きみさえいなければ、あのまま変わりなくすごすこともできたんだ」

物思わしい春風のことばも、あまり物ごとを深く考えない夏雲には、かくべつ心にひびかないらしく、

「そんな美しい女姿で、いつまでも男ことばを使うなよ」

と、春風から目がはなせないふうに見とれていた。

とはいっても、やはり冬日のことも気にかかり、

「やはりちょっとようすを見てくる。夜のあいだだけ京へいっているよ」

と出かけた。

春風はひとりで月を見ていた。宇治川も見わたされるそんなところで、こうしている自分がいまだに信じられない。

夏雲は京へむかう道々も、春風のおもかげが胸にあったが、右大臣邸へこっそりついて、左衛門が泣きながら、

「もう息もたえだえのありさまでいらっしゃいます。心ぼそくて心配で……どなたにおすがりしたらよいやらと……」

というのへ、

「えっ。そんなにわるいのか」

冬日のあわれさに胸がいっぱいになり、

「あわせてくれ」

「ええ、お気の毒なお姫さまを、おなぐさめしてあげてくださいませ」

左衛門も深いおもんばかりのあるほうではないので、夏雲を案内する。

冬日はほのかな灯《ほ》かげのもと、たよりなげに臥していた。父からも母からも見すてられたショックのほうが大きいのであろう。夏雲は見るなり目もくれ涙にむせび、そばへ同じように横たわって、冬日の腕をとらえ、

「どう、だいじょうぶかい?」

とゆすると、冬日はだるそうに目をあけた。

その目にたちまち涙がわきあがる。それは、

(ああこまったこと。またこの人との縁がはじまるのか。この人のおかげで夫はゆくえ知れずとなり、両親に見すてられたというのに……)

と悲しんでいるように見える。夏雲も、それも道理と思い、同じように涙が流れる。

「そんなに思いつめないで。命さえあれば父君のおゆるしも出るよ。妊娠中に亡くなる人は、罪もひとしお深い、というから、心をしっかりもつんだよ」

夏雲は薬湯をさじですくって冬日の口にふくませようとするが、冬日はいよいよ力なく、息もたえだえでいる。それを見る夏雲のつらさ、自分もそばの侍女たちをもはげますように、

「これくらいの病状では心配はない」

といい、灯《ひ》を近くよせて冬日を見ると、夜具に引き入れようとする顔や手つきの、上品な愛らしさ。この人をもし死なせたら、どんなに悲しいだろうと想像するさえつらい。

夏雲は、春風には「夜のあいだだけ」といったが、夜が明けても、とても見すてて帰れなかった。こっそり人をよび、病気のなおるようお祈りをさせる。侍女たちも、女あるじの愛人が泊まりこみで看病するという事態にこまりながらも、さしあたっては夏雲をたよりにしているのも、思えばおろかしいことではあるが。

五日、六日と、つい日はたち、そのあいだも夏雲は宇治へ手紙を書きつづけながら、目の前に苦しむ人を見すてておけず、冬日を看病する。

（こんなこと、いけないことだわ。どこからか見ていらっしゃる、神さまの目もおそろしいわ、ゆるされないことだわ）

と、冬日は思うが、どうしようもなく、あきらめて夏雲に命をまかせた。それが夏雲にはいじらしくもあわれである。

世間では、春風の失踪を、夏雲の不倫によってだ――とうわさしている。とうとうそれは夏雲自身の耳にもはいった。夏雲は具合わるくて、おおっぴらに外出もできない。いろいろ冬日の世話をしてやっとのことで宇治へ帰ってみると、こちらの春風もまた、心をそそった。ふっくらと高くなったおなかで身動きも不自由そう、物思いにしずみがちなようす。

（このひとを、何日もほうっておいて、よく京へいけたものだ）

と思われるくらいである。

春風は、男が泣きながら冬日のことをくまなく話すのをきいていた。

夏雲は、なんでも春風にうちあけるのを、最高の愛情と思っているらしい。しかし、冬日と春風に心をふたつに引きさかれる男の気持ちを、春風は見ぬいている。

この男の妻となって、冬日と並ぶなんてとんでもないと思っている。

（だが、いまはそれをいうまい。出産まではこの男についていなければ）

そう思う春風は、嫉妬めいたことは口にせず、おだやかに夏雲に接する。男社会で生きてきた春風は、理性的な考えかたのできる性格なのである。

夏雲のほうは、やきもちもやかず、おだやかな春風を、

(理想的な女だ)

と、いよいよほれこんでいた。

四

春風の失踪から二か月たった。左大臣は毎日、春風の帰ってくるのを待ちわびていた。

(遠いいなかをさすらっているとも思われぬ。——あるいは夏雲の召し使いあたりが、ひそかに殺したのであろうか)

などと思うと、気もうしなわんばかりだった。

秋月は宮中から、家へもどってきた。あの別れのときの胸さわぎは現実となった。

(こうと知ったらあの夜、帰しはしなかった。わたしもいっしょに、というべきだった。わたしが男姿で世に出ていたら、いとしいただひとりの妹を、あんなつらい目にあわせなかったかもしれない……)

父がこんどのことで打撃をうけ、ぼんやりとしているのも心配だった。

(父君はお年もお年だし、ご身分がら、気ままに外出もおできになれない……)

秋月は春風のゆくえを、あれからだれもさがしにゆかないのが不安でもあり、いらだたしかった。

（ほかの人では、やはり、通りいっぺんのさがしかたになってしまう……。そうだ。わたしが男姿にもどって、春風をさがしにゆこう。どんな姿になっていようと、見つけたらいっしょにつれもどしてこよう。待ってて、春風――）

秋月はそう思い、ふとまた、さがしだせなかったら？　……と考えた。そのときはそのまま出家してあとをくらまそう。男姿にもどっても、とても男としてこのあとの人生を生きてゆく自信がないもの。……それより、春風に死に別れたら、わたしも生きてはいけない……。

秋月はこっそり母にその決心をうちあけた。

母はおどろいて、

「とんでもないこと。かよわい女として暮らしているあなたが、そんなこと、できるものですか」

と、心配して泣いてとめた。

「でも、きょうだいがさがしてあげなければ、だれがさがすのでしょう。見つからなくても、このままではいられません。腹ちがいの妹ですが、あの春風は情が深く、わたしにもやさしかったのです。とてもこのまま、ほうってはおけません」

秋月は涙をおさえた。母も、それはそうね、と同意して、秋月の心まかせにすることにした。

兄妹同時にいなくなっては奇妙に思われるので、尚侍《ないしのかみ》である秋月は、家で体調をくずして静養しているということにした。もともと人前に出ず、ごくかぎられた侍女にしか顔を見せない秋月のことなので、じっさいにいるのかいないのかは人に知られないだろう。親しい侍女たちにはかたく口どめし、男の衣装の狩衣《かりぎぬ》や指貫《さしぬき》を母にたのんだ。

乳母の子にたのんで、長い髪をばっさりと切らせ、もとどりを結いあげ、烏帽子《えぼし》をかぶる。狩衣や指貫をつけると、りりしい青年になった。

「まあ。ゆくえ知れずの春風さまにそっくり……父上にお見せしたらどんなにおよろこびになるか」

と、母も乳母も、やっと心なぐさめられた。

「わたしの不在をなげいたり、変わったようすを人にけどらせないでくださいませ」

秋月の女ことばは変わらないが、姿はどこから見ても美しい貴公子だった。

秋月はいそいで出発せねばならない。別れを告げるべき人は、ただひとり——あの、愛する女東宮だった。

女東宮を朝夕に見なれて、おりもおり、ご妊娠なさったのではないかと思われるいま、お力になるべきときにお見すてするようになるのは悲しいが、手紙には、

〈父があやうい病状になりまして——〉

と書き、もしもふたたびもどることのできないときには、これが別れとなろうかと、

〈わたくしがこのつらい世に生きていられなくなったら、あわれとあなたはお思いくださるでしょうか〉

女東宮からのお返事もしみじみしていた。

〈あなたがいなくなれば、とても生きていないわたくしと思って——〉

秋月はそのお手紙をじっと見つめて、畳紙《たとうがみ》のなかにたいせつにはさみ、ふところへしのばせた。

ときは六月であった。夜ふけの月のもと、親しい乳きょうだい三人、そのほか数人の武者を供として秋月は出発した。

左大臣家の姫君として、風にもあてずだいじにかしずかれた人が、いま、男姿になって旅じたくをととのえ、世間に出ようとするのである。事情を知る人は心からびっくりし、心配する。

しかし、秋月にかたくいましめられたことを守って、秋月が家にいるようにふるまっているので、おおかたの人々は、なにも知らない。

さて、家を出たものの、どこをめざしていけばいいのかわからない。供をしている乳母の子が、

「右大将さまは吉野の宮さまのお住まいによくいらしていました。そこを、終《つい》のすみか、とお約束なさっていたときいています。もしやそこにおられるのではないでしょうか」

というので、そうかもしれぬと秋月はまず吉野をめざす。

夏のさかりとて、日がのぼると暑くなった。

宇治川は舟でわたった。川べりの木かげで、あまりの暑さに、しばらく涼んでいると、風雅な邸がそばにある。

小柴垣《こしばがき》のある建物に近よってみると、すだれがまきあげられてあり、

(人がいたのだ)

と、秋月はおどろいた。あまりにしずかなので、人が住んでいると思えなかったのである。

庭には、遣《や》り水《みず》が流れている。
十四、五ほどのかわいい少女が、薄紫色の単衣《ひとえ》がさねに、紅《くれない》の袴をはいて、うちわでだれかをあおいでいる。
その女あるじは、几帳《きちよう》ごしに透けて見えた。紅色の単衣がさねに同じ色の生絹《すずし》の袴。なやましげに物思いにふけっているその、美しい面輪《おもわ》——。

(見たことがあるなあ……)

と、秋月は心うごき、ついで、はっとした。

春風にそっくりではないか。

だが、こんな女姿で……。しかしはっきりとはわからない。いいかげんなことをいって他人だったらとがめられてしまう。なおもよく見ようとすると、こちらの気配におどろいたのか、すだれをおろしてしまった。

（春風ならば、このわたしを秋月とさとるのではないか）

そう思って、秋月はこの顔を見せたいと垣のそば近く歩いていった。

すだれのうちにいるのは春風だった。春風もまた、外にいる若い美しい青年に目をとめて、

（まあ。秋月さまにそっくり。……世間には似たひともいる。まるで鏡を見るようにわたしにも）

とおどろいていた。世間で広く交際していたから、身分高い人はみな知っている。しかし、このひとはまだ見たことがない。——といって、身分低い人とも見えず、春風はふしぎでならない。侍女たちは集まってきて、

「あら、あれは失踪なすった春風の右大将さまではありませんか」

とさわいでいる。その春風はさまざまな思いがわいて胸がいっぱいになったので、奥へはいってしまった。

秋月はやがて邸の内もひっそりしたので、しかたなくそこをはなれた。どなたのお邸だろうと思った。供人《ともびと》が、式部卿《しきぶきよう》の宮《みや》のお邸、と教える。宮さまのゆかりであれば、ことはめんどう、しかも、宮のお子は夏雲で、あの人には昔、宮中でうるさくいいよられたこともある、かかわりあいにならぬほうが、と秋月は、立ち去りにくい邸をはなれた。

（美しい人だったなあ。もし生きつづけていられるなら、ああいう人と暮らしたい）

とまで思った。

吉野の宮の邸をおとずれると宮は、失踪したときく春風そっくりの人がやってきたのでおどろかれた。

「じつはわたくしは春風のきょうだいでございます」

と、秋月はうちあけて、春風が、こちらをたよりにしていたので、なにかいいおいたことでもありはしますまいか、とうかがった。

「世の中が心ぼそくなったとおっしゃって、六月下旬、七月上旬をぶじにすごすことができるかどうかが心配だが、それを越したら命ながらえるでしょう、七月下旬あたりには、吹く風につけておたよりいたしましょう、と約束なさいました。朝夕の読経《どきよう》にも、春風どのをお祈りしています。現世にぶじでおられますよ。……ごきょうだいとしてはご心配でしょう」

と、宮はおおせになる。秋月はそのおことばに力を得て、

「たったひとりのきょうだいです。それがゆくえ知れずになって悲しいのに、また老いた親が死にそうになげいていますのがつらくて」

「そうでしょうね。でもきっとさがし出せますよ。ご心配なさいますな」

宮は力づけてくださった。

宮は秋月の人相をごらんになって、（とてもいい人相のひとだ。わが娘たちに縁のあるかたのようだ）とお思いになると、うれしくたのもしくて、秋月たちをもてなされた。

秋月は、春風のたよりがもたらされるまで宮のお住まいにとどまることを願い出た。

宮もそれをおすすめになったので、秋月は父と母に居どころを知らせる手紙を出した。自分まで失踪したかと、心配するかもしれないからだった。

宮のもとにいるあいだ、秋月は宮を師として漢詩文など習うことにした。女としてそだってきたので、男性の教養である漢詩文に縁遠かったのである。宮はふしぎな秋月の生いたちをきかれ、

「あなたも春風どのも、それぞれ本性《ほんしょう》にもどられたのはよかった。ちょっとした運命のくいちがいが、そうした心を生んだのですよ。あの春風どのはまして、国母《こくぼ》の相をおもちだから……」

といわれた。

春風からのたよりを待ちつつ山で暮らす秋月は、ふしぎな身のうつりかわりを思った。恋しい女東宮も気がかりだが、宇治で見た美しいひとにも、なぜか心ひかれる。

それにしても春風は、どこにどうしているのか。春風のたよりはいつ、くるのか……。

五

夏雲は冬日のことが気がかりで、宇治で数日すごしては、また京へもどってゆく。

（これが女の生活なんだ）

春風はぼんやりと思いしずんでいた。

（男はあちこちへ出かけ、女はひたすら、待つだけだ。そしてべつの女を嫉妬したり、気をもんだり。……なんて女の暮らしというのはつまらないんだ。といってまえの生活にもどることもできない。ともかくぶじに出産したら、吉野山へいって尼になって暮らそう）

そう思うのが唯一のなぐさめだった。尼になって世をすてれば、男の支配下におかれることはない。世間的なたのしみはすてなければいけないが、そのかわり精神の充実と自由は得られるのだ。

春風がそんなことを考えていようとは、夏雲はもとより思いもしない。冬日のところから帰ってみると、侍女たちが、

「なんとまあ、失踪なさったというわさの、春風の右大将さまが、ここへいらっしゃったのですよ」

とさわいでいる。もちろん人ちがいだと夏雲はにやにやして、

「それでどうした」

ときくと、

「狩装束で、この小柴垣のもとにお立ちになっていましたが、こちらもひっそりしていますと、立ちくたびれてお帰りになりました」

「妙なことがあるものだ。だれなんだ、いったい」

と、春風をかえりみる。

「さあ。見たことのない人ですわ。もしかして、わたしの魂が、身をはなれたんじゃないかしら」

春風は答えた。このごろはまわりにいる侍女や少女たちのてまえ、いつしか女ことばをいいなれているのであった。鏡を見るように自分にも似ていた人。男姿の自分に。

そう思うと、涙がこぼれてくる。夏雲は、

（やはり、以前の男姿が恋しいのか）

と思った。

「いい男だったかい」

とからかうと、

「わたしに似ているというのでおわかりでしょ、見よいことはないわ」

と、春風はきっぱりと話をうちきる。

男姿で暮らし、心も男性ふうな春風は、顔かたちこそにおうように美しく女らしいが、態度や話しぶりは男のそれだった。ふつうの女のするように引っこみ思案に、ことばをうじうじといいさしたりしない。

率直に、はっきりいう。

泣くときは泣き、ふざけるときはふざけて、大笑いする。

そんな、さっぱりした生活態度の身についた春風なのだが、さすがに臨月になると、

（いや、こりゃ、たいへんだ……）

というふうに、ひどくだるそうで、なよなよと苦しげである。

夏雲はそれを見ていられなくて、神や仏に、

(どうか、わたしの命とかえてもぶじに出産させてくださ い。この人をお守りくださ い)

と、必死に祈っていたが、そのききめがあらわれたのか、月がかわって七月一日、ぶじに生まれた。光るように美しい男の子だった。

春風も、自分のそばに赤ん坊を寝させ、手ずから世話をする。夏雲はそのさまをしみじみと見た。知人で、お乳の出る人を乳母にむかえた。人目をさけた結婚なので、せっかく子が生まれても、世間にはなばなしく披露できないのが残念だが、夏雲も赤ん坊と春風の世話を熱心にした。

日がたつにつれ、子どもはかわいくなってゆく。笑った、くしゃみした、というたびに、若い父と母は顔を見あわせて、ともにほほえむ。

「こんな子ができるなんて、ひとかたならぬ深い縁があったんだよ、きみとぼくには。――昔から、こういうふうに暮らしていれば、心配もなやみもなかったのに」

と、夏雲はいう。

春風は、

(そうかもしれない……)

と思っていた。

「この子の産養《うぶやしな》いを盛大に祝えないのだけが残念だね」

と、夏雲がいうのへ、

「そんな誕生祝いはいらないわ、冬日さんの産養いの夜みたいなことになっちゃ、こまるじゃない。あのとき、あなたは扇をおとしてにげたじゃないの」

「まいった。それをいわれると弱いんだ」

と、夏雲はいい、春風は吹きだしてしまう。あはあはと夏雲も笑う。幸せな一家に見えた。

夏雲はすっかり安心していた。

もう春風も、男姿にもどるとはいわないだろう。

それに、とても赤ん坊をかわいがっているので、

(この子からもはなれることはあるまい。――というのは、ぼくからはなれることもないってわけだ)

と満足していた。

子どもは日々愛らしくなる。夏に生まれたので、夏空《なつぞら》、と名づけられた。

こっちが安心、となると、夏雲はたちまち、京の冬日のことが心配になってきた。冬日の出産も近いというのに、父から勘当された冬日を世話する人はいないのだ。

「あのひとがもし亡くなったらぼくの責任だ。知らん顔をしているのも薄情なことだから、ともかく出産までは世話してやりたい。気がかりだから、ほんとはここへむかえた

いんだがね」

夏雲のことばに、春風は（へーえ。あきれた）と思ったが、さりげなく、

「そう思うのももっともね。あたしは、あのひとに、もとの夫だと見ぬかれるのが、他人に見ぬかれるより、恥ずかしいわ」

と、ちょっと顔を赤らめていうのが、夏雲にはかわいかった。

「いやなに、あちらへいっているあいだ、ここが気にかかってならないからさ。きみのそばをはなれたくないと思えばこそ、だ」

と、夏雲はいいまぎらわせ、京へいった。冬日のところへいけば冬日が心配で、ひたすらそばにつききりである。父の右大臣が世話をしなくなったので母も父にえんりょし、きょうだいも、うとうとしいので、冬日は夏雲をたよらなければどうしようもないのだった。

宇治の春風は、夏雲のいないあいだ考えつづけていた。夏雲から手紙は毎日くるが、うれしくもない。

(女は、いつもこんなふうに生きてゆかねばならないのだろうか。

なげくことが多かったとはいいながら、男姿のときのわたしは、肩を並べるものもないくらい世間にもてはやされ、栄達していた。

それを惜しげもなくすてたのではないか。

それなのに、女にもどればそのへんの、つまらぬふつうの女としか、あつかわれない。

あの男はわたしひとりだけを愛しているんじゃない。心をふたつに分け、わたしへの愛は二分の一だ。

　女は男を待つだけの存在なのか。こんなこと、どこかまちがっている。ただひとりの男に、ただひとりの女、と愛されるべきだ。

　冬日の父の右大臣も、世間への思惑から勘当していられるけれど、もともとかわいがっていらした娘だから、いつかはまたもとのように引きとって、ていねいにお世話なさるだろう、夏雲も、いつかは婿として待遇されよう。そうなれば、だいじにもてなされて夏雲は右大臣家へいったきりになるかもしれない。

　わたしは宇治橋の番人になって、網代《あじろ》にかかる氷魚《ひお》をかぞえているばかり、という、情けない身になりそう……。

　だからといってもとの男姿で生きるわけにはいかず、やはり吉野山へはいって尼になることにしよう）

　それにつけても、夏空はすてにくい。浮き世のきずなは春風の身を束縛する。
　七、八日もして夏雲は帰ってきて、またもや、かくしへだてなく冬日の容態などを春風に話す。
（いつまでもいっしょにいる人ではないから）

と、春風は思い、やさしくうけこたえするので夏雲はうれしい。その夜、またもや京から使いがきて、いよいよ出産間近、と知らせる。夏雲はそわそわして、春風に申しわけないと思いながら、いろいろといいわけして、出てゆく。

「早くいっておあげなさいよ」

と、春風は気持ちよく送り出すので夏雲は、

（やっぱり、男の気分でそだった人だから、やきもちもやかず、さっぱりしていてい
い）

などと思っていた。

春風は吉野山へたよりを出したいと思った。

夏空の乳母が、しっかりしておちついているのを見こんで、

「まだ知りあって浅いけれども、夏空のことを愛してくださるお気持ちを信頼して、お願いしたいことがあるの。他人には口外しないで、きいてくださる？」

と、親しみをこめていった。乳母も女あるじの美しさ、聡明さに好意をもっていたので、よろこんで、なんでもいたします、という。

「ここにいる人々にも、殿にも知られたくないの。吉野山の奥にいられる宮さまにおたよりをさしあげたいのだけれど、手配してくれない？」

「たやすいご用でございますよ」

と、乳母がいうので、春風はうれしくて、宮あての手紙を書いた。

〈お元気でいらっしゃいますか。わたくしも幸い、変わりなくすごしています。以前とちがう姿になりましたが、どうかして参上したいとぞんじています〉

これを念入りに封をしてわたした。

乳母は自分に仕える男に、何度も念をおしてとどけさせた。乳母は春風の素性を知らされていない。吉野の宮は姫君をおもちだときいたが、もしやこのかたがそれかしら、と想像したり、していた。

第五章　男の決意

一

吉野山では、秋月は宮を学問の師として、日々、勉強にいそしみ、男社会へ復帰する準備をしていた。春風からたよりをする、といった日はすぎ、心配になっていたやさき、使者が、

「宮さまにお手紙を」

とやってきた。どちらから、ときいても、ただ、宮さまにじきじきに、というばかり。宮はごらんになって、春風からの手紙なのでおどろき、またよろこばれて、すぐ秋月にお見せになる。

秋月は夢かとよろこんだ。「以前とちがう姿」とあるので、それでは法師になったのか、などと思った。使者をよんで、この手紙の主はどこにいられるか、ときくと、口止

めされていたこととて、使いの男はこたえない。

「わたしはあやしいものではない。この人の身内なのだ。心にかけてさがしていたのだ」

と、秋月が熱心にいうと、使いも、信頼できると判断したのであろう、うちあけた。

「宇治のあたりとうかがっております」

「宇治のどこに」

「式部卿《しきぶきょう》の宮《みや》のご領地に」

さては、あのとき見た人は、春風だったのだ。女姿にもどっていたのか。秋月はうれしいやら悲しいやら胸がいっぱいになった。

宮のお返事にそえて、秋月も手紙を書いた。

〈六月に思いたって都をはなれ、宇治により、ついで吉野の宮さまをたよってここへきました。あなたからそのうち、たよりがあるはず、という宮さまのおことばを信じ、そのままこの山で過去を断って暮らしていました。ごようすはいかがですか。あいたいのです。そこへわたしが参上してもいいでしょうか〉

使いの者にはたくさんのほうびと馬をあたえ、またお返事をいただいてくるように、といった。

使者はよろこんでさっそく、宇治へむかう。春風のおどろき。

（ではこのあいだのひとはやっぱり秋月だったのだ。わたしをさがしに、宮中を出たの

だ）

と思うと、きょうだいの情けが身にしみた。くわしいことはじかにお目にかかって、
と書き、男を道案内にして、ここへきてほしいと連絡する。

夏雲はずっと帰らない。こういうときはそのほうがいい。乳母に、兄がくるので、人に知らせずあいたい、殿にもだまっていてほしい、とたのむと、乳母は承知して、

「わたくしの部屋に、京からの知人がきたようにして、夜のまぎれにお入れしましょう。夜ふけてからおあいなさいませ」

といった。

秋月は部屋で待っていた。春風は人々が寝しずまってからそっといってあった。

ふたりとも夢のようでものもいえない。

美しい女になった妹。

りりしい男に変わった秋月。

春風はやっと、心をうちわって話せる人にあえたので、安心の涙が出て、失踪以来のことをうちあける。夏雲とのこと、思いもよらぬ妊娠、出産。……夏雲にかくまわれて、いままですごしたこと。

秋月は考えて、

「父にはどういおう。このまま生涯、かくれすごしているわけにはいかないだろう」

といった。

「そのことなの。でも、春風が女になったなんて世間に好奇心からうわさされたくないわ。だから人にも知られず、尼になりたいの」

と、春風は泣く泣くいった。

「ああ、なんてこと、いうんだ、春風を尼になんか、ぼくがさせないよ」

秋月はきっぱりいう。

男姿だった春風が、いまは女になって泣きぬれているのを見ると、秋月は、いまこそ自分がしっかりして、彼女を救ってやらねばならないと思った。知恵と勇気で、道をきりひらき、春風を幸せにしてやらねば、という思いがわいてきた。

「父君や母君のいられるかぎり、ぼくもきみも、世をすてたりしてはいけない。きみはぼくになりかわるんだ。今夜から秋月になるんだ。ぼくたちはよく似ている。それに、家ではぼくがいるようにふるまってくれ、といいのこしてきた。きみはすぐ家へいって、そのまま尚侍《ないしのかみ》・秋月として生活をはじめればいい。夏雲どのがそこへ通うのも、わるいことじゃない。新しく結婚したように見せかければ、人にも納得してもらえるだろう」

春風はしばしだまった。

もう夏雲とは無関係になりたいのだ。

心をふたつに分ける男と、生涯を暮らしたくない。そう思って、

「夏雲にはゆくえを知られたくないの」

とつぶやくと、

「それはいけないよ。まあ浮気ではいらっしゃるけれど、わるい身分のかたでもないしね」

といったが、秋月はさすがに女の生活が長かったので、相手の心を思いやるやさしみもあり、

「でも、きみがほんとにそう思うなら、そうしたらいい。まずここを、こっそり出ることだね。父君がおっしゃりたいこともあるだろうし」

「お父さまにこんなふうにしていたと知られたくないわ。ただ世間なみでない身の運命をくやんでいたとだけ申しあげて」

と恥じらっているさまは、長いこと男姿でいて、なにごともきっぱりしていた人とも見えない。

話はつきないが夜も明けかかってきたので、秋月はそこを出て、京へもどった。

左大臣はそのころ、ふしぎな夢を見ていた。

尊く清らかな僧があらわれて、

「おなげきなさるな」

とさとすのであった。

「明朝にもよき知らせをきかれるであろう。前世の宿命のむくいで、魔性のものが魅入り、男を女にし、女を男にして、そなたになげきをもたらしたのだ。しかしその魔性の

もののも、業《ごう》がつき、そなたが長年、仏に祈りをささげた効験《こうけん》によって、すべてぶじにおさまった。男は男に、女は女にもどって思いどおりに栄えるであろう」

——左大臣は夢からさめて、

(そういえば、春風をさがすのにむちゅうで、秋月をしばらく見なかった)

と、北の方に夢の話をした。北の方は、秋月が男姿になって、春風をさがしにいったことを告げる。

「では、夢はほんとだったのか……」

といっているところへ、秋月が帰ってきたのだった。

左大臣が灯《ひ》をかきたてて見ると、ただもう春風そっくりである。

といっても秋月は気弱で人見知りする恥ずかしがりや、家のうちにこもっていたのだから、男姿になってどうだろうと思ったのに、態度もおちついてしっかりしている。

春風は男としては小柄なのが難点であったが、秋月は背も高く威厳あり、りっぱだった。左大臣はうれしくて泣いてしまった。

秋月は春風のことをつたえる。もっとも、夏雲とのことや出産のことにはふれず、春風は男として生きるのも限界があると思い、本来の姿にもどろうと身をかくしたこと、髪などがはえそろうまで人に知られたくないこと……。

(夢のお告げは正しかった)

と、左大臣はうれし泣きして、

「よしよし、それなら、春風は尚侍に、おまえが右大将《うだいしよう》にかわりなさい」

「さあ。春風はともかく、わたしに春風の役がつとまるかどうか。ともかく春風をここへむかえてからにしましょう」

左大臣はいまこそ、はればれと胸のひらくここちがして病床から起きあがって粥などをたべたのだった。

二

宇治へは何日ごろにむかえを、とひそかに連絡した。

春風は夏空を置いていこうと決心している。

女の人生を新しくはじめるのに子どもづれではむりだった。夏雲ときっぱり別れ、過去をたちきるには、子どもとも別れねばならない。理性ではそう思っているが、情愛は理性をうらぎる。声をあげて笑ったりする夏空を見ると、思わずだきあげ、涙のほおで、ほおずりしてしまう。

(生きてさえいれば、またあえるわ。……親子の契りは絶えないのだもの。

それよりも、わたしはここで朽ちていってもいいような身ではない。あれほど誇りにみち希望にあふれ、人々に賛美されていたわたしが、いくらこの子がかわいいからといって、こんな情けないあつかいをされ、男が通ってくるのをじっと待つだけ、というような暮らしに埋もれはてていいものか。

わたしには誇りがある。男のごきげんに、よろこんだり心配したり、という人生はごめんだ）

さすがに半生を男として生きてきた春風は気丈だった。自分が出ていったあときれいにかたづいているように、見苦しい手紙の書き損じなど破ったり燃やしたりした。そのあいだも、視線はつい、かわいい夏空にあてられる。

夏雲が、いつものように、ちょっとたちよったという感じでやってくる。

（この人とももう別れだ。二度とあうことはないだろう）

そう思う春風は、美しい衣《きぬ》をまとって、にこやかにむかえる。紅色《くれないいろ》の単衣《ひとえ》がさね、おみなえしの表着《うわぎ》、萩《はぎ》の小袿《こうちき》。一時はやせていた春風だが、いまはふっくらとはなやかに、髪もつやつやして長く、夏雲から見れば欠点のない美人である。

「子どもができると女は美しいというけれど、ほんとに、いっそう美しさを増したね。昔も美しかったが、いまきみを人なかへ出したら、男という男はむちゅうになってしまうだろうなあ」

夏雲はすっかり冬日のことは忘れ、春風の髪をなでてささやく。そこへまた冬日の侍女からの使い。夏雲は春風に気がねするが、つづいて、お産も間近、という使者もきたから京へもどらねばならない。

「ともかく、一度いってくるよ。きみは理性的で、やきもちをやいたりうらんだりしないから助かる。あちらも、生きながらえそうにない人だからね、そばにいてやりたい」

と、苦しげにいいわけする。

春風がなんで嫉妬しよう。夏雲にこうしてかくまわれているのは愛からではなく、妊娠中の姿を、関係ない人に知られたくないというだけで、夏雲にまかせたのだから。

「いちいち弁解しなくてもいいでしょう。なにも知らないほうがいいわ」

と、美しくほほえんでいう。うらみごとをいわれるより恐ろしい気がして、夏雲は、

「きみが早くいけ、ときっぱりいってくれるならいくよ」

と、うじうじしていた。

「じゃ、早くいらっしゃいよ。あちらも待っていらっしゃるわ、お気の毒に」

夏雲はふりかえりふりかえり、出ていった。

春風は笑顔をたやさず見送ったが、夏雲がいってしまうと、子どもをだいて、ひと晩じゅう泣き明かした。子どもと別れるときが近づく。

翌朝、夏雲から手紙がある。夜中にやっと出産した、いろいろすんだらすぐそちらへ帰る、とある。

春風は返事を書いた。

〈お手紙拝見。案じたよりもご安産らしくてなにより。それにつけても、冬日の君の、はじめのお産のことが思い出され、しみじみしました〉

脱出を決行するのは、夏雲のいない、いまのうちがチャンスである。春風は吉野の宮

に連絡した。そうして一日じゅう、夏空をだいて、人知れず涙をこぼしていた。

その日暮れ、秋月がそっとおとずれた。例によって乳母の部屋へ通し、夜ふけを待つ。子どもばかりを見つめ、乳母にもけどらせないようにしながら、

（かわいい夏空。……元気でそだってね。いつかはあえるわ）

と、胸でいい、涙にくれていた。

ときはきた。

「さあ」

と、秋月がうながすと、夏空は目をさまして泣きだす。その顔を見つめながら、春風は乳母に、

「この子をちょっとお願い。わたしは兄と話があるので……」

と、夏空をだかせる。そうして部屋で話しているように見せかけて、そっとすべり出た。からだの半分は子どものところにのこすような気持ちだった。物かげにかくれて車に乗った。……夏空のおもかげがちらついて、引きもどされそうな気持ちだったが、心を強くもって、吉野へついた。

吉野の宮はいきさつをおききになって、もう女性になった春風を、自分の部屋へまねくのも具合がわるいと思われ、姫君たちの部屋をととのえて、春風をむかえられた。

久しぶりにごらんになった春風は美しい女になっているのも夢のようで、おたがいに感慨深かった。京の父・左大臣からもしきりに手紙がきて、宮のお邸へはさまざまな献

上品がとどく。

春風はまだ夏空のことが思いきれないでぼうぜんとしている。それを見て秋月は、

「子まで生《な》した仲の、夏雲どのと別れたのだから、さぞいろいろ考えるだろうね」

と同情した。

「いいえ、ちがうわ」

春風はきっぱりいう。

「夏雲は情があってわるい人ではなかったけれど、女好きで人間のそこも浅い人だから、敬意をもてなかったわ。彼と別れて、さっぱりしたの。ただ思わぬことに子どもができて、わたしが生きなおすには具合わるかったから、つらいけど見すててきたわ。それが心苦しくてせつなくて」

と、こらえきれずに泣くのであった。

「もっともだ、しかしそうしたほうがよかった。手もとに子どもがいれば、夏雲どのとの縁は切れなかったろうからね」

そういいながら秋月は、春風がほんとに夏雲と縁を切りたがっていること、夏雲や子どものことを、父君には知られたくないと思っていることを察した。

「じつはねえ、春風、ぼくも女東宮のことが心配なんだ。ぼくは尚侍としておそば近くお仕えしているうち、東宮を愛するようになってしまった。きみは男社会で生きてきた人間だ。おどろかないで、冷静にこれからの相談にのってくれ、春風。仲間として」

「いいわ、じゃ、あなたのことも、これから秋月とよぶわ。いいから話しなさい。苦労はふたりで分けたら半分になるわ」

「東宮は妊娠されたらしいんだ」

　春風は考え深そうに、じっときいている。

「いまこそお世話しないといけないときに、きみの失踪事件で、こんな山の中へきてしまった。といって、男姿で、急に世間へ出るのも気恥ずかしい。ぼくが馴れるまで、きみは、ぼくのかわりに尚侍としてお仕えしてほしい。……それなら、ぼくも東宮にお目にかかれる機会もできよう」

「東宮のご出産、なんて、公にもれたら、大ごとね」

「そうなんだ、どうしても、きみの協力がいる。たのむ」

「わかったわ。やっぱり、あたしは京へもどらないといけないらしいわね。……それなら秋月、あなたもあたしのかわりに、人前へ出て宮中へ出仕しなさい」

「しかし、そううまくいくだろうか」

「教えるわ。あたしも尚侍のお役目、毎日のならわし、など教えていただくわ」

「……やってみよう」

　と、秋月はいった。

もう、やるしかないのだ。おたがいに、それしか生きられないのである。

宮のお住まいのなかで、ふたりの必死の猛勉強がはじまった。

春風は秋月に、てきぱきと公務のあれこれ、命令をうけて処理すべきこと、応答のしかた、人間関係など教える。音楽の勉強も、秋月は笛を、春風は琴を習い、筆跡までそれぞれに似せるように、物狂おしいばかり熱中してうちこむ、たちまちのうちに双方、熟練した。

そればかりでなく、ふたりはいろんな話も語りあい、おたがいの人生を知らせあう。公的にも私的にも生活のすみずみまでの知識を教えあった。

「そうそう、麗景殿《れいけいでん》であって話した女がいたわよ。——やさしくていい風情だった」

と、春風は教えた。秋月はうなずいて、

「ふむ。麗景殿だね、おぼえておこう」

「いい人だったから、不幸にしないで」

「ぼくは女暮らしが長かったから、女の味方さ」

「右大臣の姫はどうする？　あたしは冬日を、あなたが夫として愛してあげてほしいと思うわ。右大臣はあたしの愛が薄いといつもおうらみだったけど、夏雲とのことは、冬日がわるいのじゃなくて、夏雲のよこしまな浮気から出発したこと。夏雲はいま、気負って冬日の世話をしてわがものにしているけど、やっぱりあなたがほんとの夫として愛してあげるべきだと思うわ」

「そうしよう」

秋月は日ごとに、男の気持ちになってゆく。

宮の姫君おふたりのうち、もともと春風が男姿でいた時分、親しくなじんだのは姉姫のほうだった。姿を入れかえたいま、秋月は姉姫に恋文をおくったり、している。

宮はそれをごぞんじであったが、人相や、人の将来、もって生まれた宿縁、などをよく見られるかたなので、

（この人は娘たちを世に出してくれる人だ。信じていい）

と思われ、姫君たちの身のふりかたがついたら、もっと山奥へはいって仏道修行をしようというお心があった。

それで姫君たちを秋月に託す気になっていられた。

姉姫はまさか秋月と春風が入れかわっているとはごぞんじない。昔の春風だと思って、美しい貴公子をなんの警戒心もなくむかえ入れられたが、熱烈に恋をささやかれて、びっくりしてしまわれる。

秋月のほうはまた、姉姫の上品でけだかい美しさにのぼせてしまう。世間なれない姉姫は美しい若殿の恋のささやきに、ぼうとなってしまわれる。それも秋月には、愛らしい。

若い恋人たちがひと組できた。

秋月は恋の狩人になったたのしさと得意で、男人生のおもしろさにむちゅう、というところであろう。

三

さて、こちらは宇治。

女あるじが姿を消したので乳母をはじめ、みな大さわぎして邸のうちをくまなくさがしているところへ、夏雲が帰ってきた。春風の姿が見えないときいて、動転してしまう。

「なんということだ、そんなようすでも見えたか。京からたずねてきた者があったか」

ときくが、乳母は自分がとがめられないかと思って、ひそかな来客のことはいえない。ただ、「若君から目をはなさず、お世話しては泣いていられました」というのがせいいっぱい。

（そうか……。春風はいままで多くの人にかしずかれ、とってもたいせつにあつかわれてきたんだ。つねに花形のような存在だった。それがこんなところへ人目を忍んで住ませ、しかも自分は冬日にかまけて、ほとんどここにいなかった。春風としてはどんなにか不満で、不本意な生活だと思っただろう）

夏雲はそう思うが、しかし春風のいないさびしさにはたえられそうにない。夏空がなにも知らず、無心に笑っているのもかなしく、

（ああこんな、かわいい子をすてて去る春風の気丈さよ……）

とつくづく思う。どこへいったのか、文句をいっていくところもなく、くやしくつら

い。それでいて恋しい。

夏雲は春風のぬぎすてていった着物に顔をうずめ、残り香をかぎながら恋しさにくるったようになって、人目もかまわず、おいおいと泣きむせび、

「薄情者め。ぼくを身ふたつになるまで利用したのか」

とさけんだ。それでも恋しい。春風の顔にこぼれる愛嬌、嫉妬もせず、にっこりと送り出してくれたときのやさしさが恋しい。もしやあのやさしさは、こうしてとつぜん、家を出ることをかくした、いつわりのやさしさだったのかと思うが、恋しいものは恋しいのだ。乳母も侍女も、気の毒でもらい泣きした。

（それにしてもだれかが手引きせねばここから出られない）

と思って夏雲は合点のゆかぬ気持ちだった。侍女が近所のうわさをきいてきた。「上品な若さまが、すばらしく美しい人を車に乗せて出ていかれた」というのである。

ではもとの男姿にもどったのだろうか、……よけいわからなくなる。

もしや書き置きでもないかとさがすが、そんなみれんなことをする人ではなかった。

そのころ冬日は出産のあと衰弱がひどくて、死にそうな思いをしていた。こんどもかわいい女の子だったけれど、冬日は、

「もう死ぬのなら、ひと目お父さまにあいたい。ご勘当をうけたままでは、死ぬに死ねないわ」

と泣いていた。母君が泣きながら右大臣にうったえると、右大臣もかねていとおしく

て気にかかっていたこととて、いそいで冬日のところへいった。

美しい人がやせおとろえ、息もたえだえでいる。見るなり右大臣は声も惜しまず泣き、

「冬日や、わしのがんこをゆるしておくれ、おまえがかわいいばかりに、ひどいうわさにかっとしてしまったのだ。神よ仏よ、わが命にかえて娘を生かしてください」

冬日は苦しいここちにも父の声をきいてやっと目をあげ、

「お父さま、わたしを尼にさせて」

といった。

「不吉なことを。わしが生きているかぎりそんなことを考えなさるな」

右大臣はけんめいに冬日の看護をする。邸の御殿にうつし、新しく生まれた姫君にも乳母をつけ、もとのように世話するうち、やっと冬日も健康をとりもどした。

ちょうどそのころは夏雲が春風をうしなって気もそぞろのころだったので、たずねてこないのもいい具合だったと、事情を知る侍女たちはうなずきあった。

吉野では、秋月と春風がいよいよ山から下りようとしていた。どうやら入れかわっての生活もやりとげられそうな見こみはついたし、父君母君もどんなにか待ちこがれていられよう。

秋月は宮の姉姫をともないたいと思ったが、姉姫は吉野にとどまるつもりだった。

「妹もいますし……父のことも心配で。それに都なれぬわたくしが、急に出ていってももののわらいになりましょう」

秋月は考えた。

（そうだ、いますぐ、というより、おむかえする邸も新しく建て、行列も美々しくして、宮の姫君をおむかえする格式をととのえてこよう。……それに、女東宮のお気持ちも考えなくては）

秋月は初恋の人・東宮をやはりたいせつに思っている。

暗くなってから、闇にまぎれるように京へついた。春風は秋月がいたように部屋の御帳台にはいり、秋月はまた、いつも春風がしていたように父君の前にすわった。

左大臣はうれし涙にくれた。ずっと昔、「とりかえばや」となげいたことがうそのようで、春風は美女となり、秋月は清らかな青年となっている。

「よかった、よかった。ふたりともよく似ているから、かわりあっても見分けがつかない。秋月は右大将として出仕しなさい。なに、すこしは以前とちがうと思う人があってもかまわぬ。そんなことで文句をいう人もいまい」

世間では早くもうわさが流れ、もっともらしいつじつまをあわせていた。

「春風の右大将は、夏雲の権中納言《ごんちゅうなごん》のことでいやけがさして、吉野の宮のもとに身をかくし、出家なさろうとお思いだったが、宮の姫君と親しくなられ、出家は思いとどまられたものの、やはり都へお帰りになるのは不快で山にこもっていられた。それを左大臣が泣き悲しまれたので、やっとおもどりになったのだ」

秋月にはつごうのよいうわさだった。

帝も秋月の帰京をおききになり、出家もせずそのままもどったのをよろこばれて、お召しになる。いよいよ世の中へ出るのだ。人々に入れかわったのを見やぶられずにすむかどうか。

美々しく衣装をととのえ、縁に出ると、召し使いたちが、どっとどよめいて、

「久しぶりに若殿のお姿を見ることができた」

と、よろこびさわぐ。長年仕えている供の人々も、若主人の失踪で、闇にまよったこちだったのに、うれし涙をふいていた。

秋月は緊張しているが、強いて心をおちつけ、宮中に参内する。内裏《だいり》の警備をする衛《え》士《じ》の詰め所に歩み入る。春風なら見なれた光景だが、秋月にはものめずらしい。

帝の御前に参上する。帝はとくとごらんになると、久しくあわなかった数か月のうちにいよいよ、りっぱな風采になったと思われる。こんな人が出家していたら、世のなげきとなったろうと思われ、ありがたいおことばをかけられる。

「そなたがゆくえ知れずになったときは、宮中も闇のようだったよ」

秋月はかしこまって、つつしんで、

「帝のおいでになる宮中が恋しくて、やっぱり姿をかくすことはできませんでした」

と奏上した。

帝は、（以前より、雄々しく、きっぱりしたところが添ったようだ）とごらんになる。

女東宮の御殿へ参上すると、——当然のことではあるが——秋月の座は、御前から遠

い、御簾《みす》の外だった。秋月はもう尚侍ではなく、右大将なのだから。

そこへ宣旨《せんじ》の君《きみ》という女官《にょうかん》が出てきて右大将の姿をめずらしがって久しぶりのあいさつをし、

「尚侍さまのご容態はいかがでしょう。東宮さまもお具合わるいごようすですので、ぜひ参上なさるよう、あなたさまからおすすめくださいませ」

といった。秋月ははっと胸がとどろく。朝夕あんなに親しみなれた東宮は、男姿のいま、おそばへよれない、遠い存在になってしまった。東宮が恋しい。

帰宅して、春風にあれこれと宮中のことを話す。そうだった、と春風は昔のことを思い出した。

右大将としての公的生活をととのえるのも、秋月にとってはだいじなことだが、私的な生活も充実させようとしている。女東宮は心の恋人として、吉野の姉姫をひきとって妻にしたいと思う。冬日は、夏雲が通うらしいのが不満だが、しかしやはり家と家がむすんだ縁、妻のひとりにしたいと思っている。それで冬日にあてて手紙を書いた。

〈いろいろと事情があって、もどってきました。ほかのかたのせいでわたしのことはお忘れかもしれませんが、わたしはあなたゆえに、出家もせず、都へ帰ってきたのですよ〉

右大臣邸では、右大将がもどったというのにこの邸へこないので心配していたのだが、この手紙でほっとして、

「夫にすてられた妻、といううわさがたつのは情けない。お返事をなさい」

冬日は手紙を書く気もしなかったが、父の心に反するのもまた勘当されそうで恐ろしく、

〈あなたがわたくしをおすてになったとわかったときから、わたくしは生きているのか死んでいるのかわからない状態でいます〉

優美な筆跡がおくゆかしく、秋月は、冬日に関心をもった。右大臣は右大将の手紙がきたことで、

（また娘との縁が復活するかもしれぬ。あれほどのすぐれた若者が、やはり婿としてわが家に出入りしてくれたら……）

と期待して、右大将がいつきてもいいように準備していた。

冬日は春風とふたたびあいたくなかった。苦しかった出産のあいだ、夏雲に世話されていたのに、また春風と暮らすのかと思うと、夏雲にも気の毒だった。

気のすすまない冬日に、侍女たちは化粧をすすめ、衣装を着かえさせた。夜ふけ、右大将が美しい姿であらわれた。昔の春風とどこがちがっているように見えよう。

「まあ、二度とお見上げできないかと思っていましたのに、うれしいこと……」

と、侍女たちはみな泣いた。

右大将は多くを語らない。

「冬日の君はどこに」

冬日はものかげにかくれていた。右大臣はさあさあ、と押し出す。

冬日はふたたび春風を見ることができようとは思っていなかった。夏雲とのことで春風にいわれた皮肉やうらみ。世間にわるいうわさがたったこと。最後にここを出ていったときの、春風の姿。――やさしい夫だったがどこかよそよそしかった春風。生まれた子どもにもつめたかった春風（それは夏雲の子だから、むりはなかったのであるが）。いつも、ぼくはきみに誠実をつくした、といっていたが、夏雲にくらべれば、なぜか遠い存在で、しかも、夏雲とのことがあってはじめてわかったのだけれど、親も祝福した結婚だというのに、自分には手もふれなかった春風。

――冬日にとっては、どうにも不可解な夫であったのだ。

その春風が目の前にいる。

「久しぶりだね。きみはやっぱり美しい」

という声も、春風そのもの。冬日はさすがになつかしい。

「ぼくはきみにきらわれているのは知っていたが、きみを思いきることができるだろうかと吉野の山奥へはいってみた。でもやっぱり、きみを忘れることができなかった。幼い子も気になるし、きまりわるいけど、世の中へもどってきてしまったよ。きみは変わりなく暮らしているときいたがね」

などとこまやかに、ふたりの事情もよくわかったふうに話す、その人を、なんで冬日がべつの人と思おうか。

「わたしを忘れかねて、とおっしゃるけど、吉野にすてきなかたがいらしたんじゃない？」

秋月から見る冬日は上品で愛らしい、なよなよした美人だった。その人が即座にかえすことばのかわいさ、

「——かもしれないけど、きみにも『すてきなかた』があらわれたんじゃなかったかい」

と、やわらかくいう秋月。

冬日は、

(つまらないこと、いうんじゃなかったわ)

と、冷や汗が流れた。そのさまはいかにも愛らしく、秋月はすっかり冬日がいとしくなって、

「さあ、おたがいに、意地の張りっこはやめようじゃないの。きみはなんといっても、ぼくの妻なんだから、どうして忘れることができよう」

この冬日に夏雲が通っていたことを思うと、親しむことはできそうにない、と秋月は思っていたのだが、目の前の冬日を見るとそんなことはどうでもよくなった。夏雲と事件を起こしたのは、冬日が不幸で、うつろな心でいたから、つけいられてしまったのだ。

「さあ、ぼくが、きみを幸福にして『すてきなかた』なんか、忘れさせてあげるよ」

と、冬日をだきよせる。

冬日はびっくりしてしまった。

以前の春風はやさしく親しみ深く、しみじみと語りあうだけの間柄であったのに、いまは、やさしさはかわらないけれど、

「ぼくたちは新しく出発するんだよ」

「でも……いつものあなたじゃないみたい」

「まえには、きみにへだてがあった。ぼくも女性のことをよくわからなかった。しぜんじゃなかった。でも、ぼくたちは、すなおになろうよ。きみを愛してる、きみと生涯を幸せに送りたい、それだけでいいじゃないか」

冬日はすっかり混乱していた。昔は自分に手もふれなかった春風が、急に人が変わったように……。

はじめての経験のように恥ずかしくショックだったが、しかし夏雲のときのように、心苦しいうしろめたい気ではなく、とまどいながらも冬日は、

(はじめから、こうだったら……)

と、しみじみするのだった。

そんな冬日の混乱を秋月も察していた。びっくりしたろうなあ、と気の毒だった。

「ほんとにあなたなの？　春風さまなのね？」

と、冬日のいうのもかわいい。

「そんなにたくさんの、つきあう人がいたの？」

などとじょうだんをいうのも、春風に似たもののいいぶり、声音で、冬日は、

(やっぱり春風さまだわ。おたがい、いろんな目にあって変わったんだわ……)

と思った。

四

宇治では夏雲は、のこされた赤ん坊をたいせつにそだてていた。

日に日に愛らしくなる。あっという間に日がたち、夏空は起きかえりなどするほど成長した。

(この子をかわいがっていたがなあ。どこにどうしているんだろう、春風は)

と、血の涙が流れるほど、春風を思って泣いた。

そのうち、ふしぎなことをきいた。春風の右大将が都へもどった、もう宮中へも出仕された、というのだ。

(えっ。やはり、男姿にもどったのか)

夏雲のおどろきはいうまでもない。

(あいたい)

夏雲はすぐ、夏空をつれて京の邸へ帰った。

(宮中で政務の会議があるときは、きっとくるだろう)

と思って参上すると、あんのじょう、前駆《ぜんく》の人の声もはなやかにあたりをはらう威厳で、右大将は参上した。人々にたいせつにうやまわれ、かしずかれているさま。

(なるほど。こんな生活をした人が、あるかなきかに人目を忍んでいる女の暮らしを、つまらなく思うのも当然かもしれぬ)

と、夏雲は思う。

それにしても、まえよりいっそう清らかに美しい春風のようす、夏雲はなつかしくやるせなく、目もくらむ思いである。

秋月のほうでは、夏雲がこちらばかり見つめているのに気づいていた。

(ぼくを春風と信じているな。へんだなあ、とさぞあやしんでいるだろう)

思わず夏雲を見ると視線があってしまった。

もし、もとの春風ではないと見やぶる者がいるとすれば、それは夏雲であろう。秋月は顔色も変わるここちである。しかし秋月はきっぱりとおちついた態度で、夏雲が声をかけるすきもあたえず、つめたく無視して退出した。

夏雲は絶望する。

(ぼくのことを思いすてたのだ。子どものことも、ちらとでも思い出してくれてもよかりそうなものなのに……)

うらめしくて、人目にもかっこうわるいほど、涙が出てきた。

ひと晩じゅうあれこれ物思いをつづけて、それでもどうしても思いきれなくて、手紙を書いた。

〈きみは、ぼくとあっても相手にもしてくれなかったね。宇治川へ身を投げて死んでしまいたいと思うけれど、そうもできない。……宇治川という名、きみにはなんの思い出もなくなったのかしら……〉

うらめしそうな手紙を秋月は見て、おかしくも気の毒でもあり、春風に見せた。春風もおかしい。

「ふふふ。あの人は、わたしに、男姿にもどりたいだろうといつもいっていたわ。だから そう思うのもむりはないわね」

「しかし、いまの右大将はわたしではない、ときみがいうこともないだろう」

と、秋月は、

「夏雲が内心、右大将はじつは女だ、と思っているだろうことだけは恥ずかしいが、といって、ぼくはほんとに男だと知らせて、きみのことを妙にうわさされてもこまる。夏雲にはそう思わせておいたらいい。——この返事はきみが書きなさい。夏雲は、こういうことの勘はいいから、ぼくが書いたのでは見とがめるだろう」

春風はこまったけれど、夏雲の手紙の余白に、

〈わたしが自分でえらんだことでした。宇治川のほとりに身をよせたのは。
でもあなたの心はいつも、よそにいっていましたね。
宇治川を見つつ物思いにふけった日々、忘れてはいません〉

秋月は見て、

（きれいな字だなあ）

と感心した。ましてその返事を見た夏雲の悲しみ。春風のいうとおりだと思った。

（ほんとだ。ぼくが冬日にむちゅうになってかまけていたばっかりに）

夏雲はふたたび、春風に、かえらぬぐちのようなわびごとを、めんめんと書くのであった。

第六章　さまざまな恋のゆくえ

一

さて、こちらは春風。

いよいよ秋月にかわって、尚侍《ないしのかみ》というお役目の女官《にょうかん》として出仕することになった。

女東宮は待ちかねていられた。長いこと家へもどったままで、たよりも絶えていたので、早くあいたいと思っていらしたのである。もう十一月のすえであった。

春風は、

(人が変わったのをお気づきになるのではないか?)

と緊張していた。

春風がはじめてお目にかかる女東宮は小柄でかわいいかただが、おなかがふっくらして身動きも不自由そうで、拝見するのも心苦しかった。女東宮はなにもごぞんじないか

ら、

「長くあえなくて、さびしく心ぼそかったわ」

と、率直にうちとけて話される。春風はくわしい話を申しあげたいが、やっぱりきまりわるくて、あれこれ考えながら、

「どうおすごしかとわたくしも心配で、早くお目にかかりたかったのですが、兄がゆくえ知れずになったさわぎにまきこまれて、ついついいままでごぶさたいたしました。心ならずも……」

と話すようす、女東宮は、いままでの人とは別人だとなんでお思いになろうか。

その夜は語り明かし、女東宮が、

「お手紙さえこないで、日がたってゆく不安といったらなかったわ……」

とおっしゃるいじらしさ、春風はしみじみと女東宮がいとしくなって、やさしくうけこたえする。女東宮はやっとお心がはればれなさった。つもる話のうちに、夜は明けた。

春風は、秋月からの手紙を女東宮に手わたす。なにげなくひらかれてみると、まぎれもない、以前の尚侍の字である。

〈さぞおどろかれることと思いますが、いずれは時が解決するでしょう。これには深いわけがあるのです。あなたにあえなくて、長いことたちました。お目にかかりたいのはやまやまですが、新しい尚侍がおそばへまいりましたので、すこし安心しています〉

女東宮には、さっぱり、わけがおわかりにならない。

（どういう意味？　新しい尚侍、って。では、いまここにいる人は、もとの、恋しいおねえさまではないの？　この人は、いったいだれなの？）

なにがなんだかわからず、泣いてしまわれる。

女東宮に親しく仕える宣旨《せんじ》の君《きみ》が、御帳台《みちょうだい》のそばへきて、

「この何か月、ひそかに心配していることがあって、だれに相談してよいやら、判断もつかず、あなたのおいでになるのを、それはそれは待っていました」

と、春風にいう。

「東宮さまがただならぬおからだでいられること、ずっとおそばで仕えていられたあなたには、おのずとごぞんじでしょう。東宮さまのご体調思わしくないことを不安に思っていますところへ、あなたの長いお里さがり、どうしていいやらわかりませんが、ともかく納得ゆかぬまま、ご妊娠ではないかと気づき、思いあたることもなく、ただびっくりするばかり……。とりあえずはご安産なさるように、いろいろお手あてをしてさしあげていますが、いったいどうしてこんなことになったのか、不用意に人にきくこともできません。

わたしひとりで苦しみ、あなたの参内《さんだい》を、待ちかねていました。あなたならご事情もごぞんじでしょう、あるいはまたごぞんじないにしても、ごいっしょに心配していただけようと、思っていたのでございます」

宣旨の君の涙ながらのことばに、春風もとっさにことばが出ない。そばには女東宮が

じっとしてきいていらっしゃる。春風はおいつめられた。

　さて、どういいぬけるか。春風は男姿で長年暮らしてきた度胸と冷静な客観的判断のできる理性がある。

　しかし春風は男姿で長年暮らしてきた度胸と冷静な客観的判断のできる理性がある。

（いくらなんでも自分まで知らぬとはいえない。東宮さまのためにも気の毒だし、東宮さまが、苦境をぬけ出られるまでは、わたしも心をひとつにして協力してさしあげなくてはならない）

　と決心した。東宮がじっときいていられるのは心苦しいが、それはまた、いつかはわかっていただけるときもこよう、と、宣旨の君にむかって、

「そうなのです。わたしもおかしいと思ってはいましたが、どうにも思いあたることなく、また、どなたにも相談していません。まさかご妊娠とは思いませんでしたが、そのうち、兄の右大将《うだいしょう》が失踪しましたので、わたしも心配になり退出いたしました。そのまからだをこわして家におりましたが、東宮さまのことを気がかりに思っておりましたところ、やっともどった右大将が、わたしにこっそり、東宮さまがご妊娠なさったのではないかという夢をみた。早く参上してお世話申しあげるように、と申しますので、事情がわかりました。わたしひとりで心配していましたが、あなたも同じお心と知ってほっとしました」

　宣旨の君はもともと、尚侍の顔も正面から見たことはない。しかし気配も声も、以前の尚侍と同じだから、

（では、やはり尚侍が手引きして右大将さまをお入れしたのか。この人が知っており、お相手が右大将さまなら、ひとまず安心だわ）

と、ほっとした。

ただ、以前の尚侍より、もののいいぶりがはっきりし、てきぱきと話すような気がしたが、それも事情が事情だけに、尚侍も緊張しているのであろうと解釈する。

「それにしてもご出産はいつごろでしょう」

「さあ、十二月くらいではないか、と右大将は申していました」

「えっ。それでは、きょうあすというほどになっていたのですね」

と、宣旨の君はおどろく。

宣旨の君より、内心もっとおどろかれたのは女東宮であった。

（おかしい話だわ。右大将とは、夢のなかでもあうことはないのに。……それに、さっきの手紙は？　この人が尚侍でないとしたらだれなの？）

よくよく見ると、まさしく以前の尚侍だが、しかしやはり、ちょっとちがう気もする。あの尚侍はなよなよしていたが、この新しい人は、てきぱきしたところがある。

（だれなの、この人は。……知らない人だわ）

と思うと、きゅうに恥ずかしくつらく、

（わたしはひとりぼっちなんだわ。だれも信じられなくなってしまった……）

と、夜具をかぶって泣いてしまわれる。春風は女東宮の混乱を、もっともなことと思うとなぐさめようもないが、しかし、東宮のお力になろうと決心しているので、ずっとおそばにつききりでいた。

日が暮れたので、闇にまぎれて右大将の秋月がきた。春風は東宮のごようすを話し、そっとおあわせする。

男姿の秋月をごらんになった女東宮は夢かとばかりびっくりされる。秋月はすっかり、はじめからのことをお話しする。

おっとりしたお心の東宮であるが、はじめて、うらめしい気持ちになられた。

(この人は、わたしを愛してなどいなかったのだ。もし愛していたら、なんで、数か月のあいだ、うちすてておくようなことをしよう。それもわたしが、ただならぬからだになって、ひとり案じていることを知りながら、人まかせにほうっておくなんて。それに、きょうだいで入れかわっていたという秘密を、わたしにはうちあけてくれてもよかったのに。いつまでも女姿でいられず、男にもどるのは当然だろうけれど、この人は自分のことばかりにかまけて、苦しい立場のわたしのことなど考えてもくれなかったのだ……)

そう思われると、男の薄情さ、わが身のつらい立場、いっぺんに世間のことがおわかりになった気がした。秋月がいろいろなぐさめるが、耳にも入れられない。

夜が明けても秋月は、長年住みなれたところではあるし、恋しい恋しいと思いつづけた東宮のそばを、はなれたくない気持ちでいっぱいだった。

れたくない」

「人に見られてもいい、帰りたくない、朝夕馴れたところと、愛する人のそばからはなれたくない」

秋月がいうと、東宮は、

「それにしてはずいぶん長く、わたしをほうっておかれたこと。いまさらふたりの仲を人目にさらして浮き名をたてられるのはいやです」

と、お泣きになる。それも当然であろう。秋月は東宮の心がはなれたのを知った。

しずみこんで寝たきりの女東宮を、事情を知らない人々はご病気と思って、父君の院にも申しあげ、帝にもおつたえするので、みなご心配になるのであった。

二

帝は、女東宮のご病気をきかれ、ご心配もさりながら、

(尚侍は、いまも女東宮のそばにつきそっているときくが……)

と、ふとお心をうごかされた。

左大臣家の秋月姫に思いをかけられたが、左大臣がかたくなにおことわりして、女東宮の尚侍として出仕させてしまったのだ。しかし帝は彼女のことを、いまもお忘れではない。

(そうだ。東宮のお見舞いにかこつけて出かけてみよう。もしかするとあえるかもしれ

ぬ）

まえもってお知らせせず、ひっそりした昼に、帝はそっと女東宮の御殿にわたられて、御帳台のうしろにかくれてごらんになる。

東宮は白いお召しものをかぶってやすんでいられた。そのおそばに、薄紫色の着物でひかえている美しい女がいる。あれが尚侍、とすぐおわかりになる。

右大将によく似ているが、なんと愛嬌のある顔だちだろう……と帝はお思いになる。それに明るい感じの美女で、見ていると、心もはればれするばかり。

（こんな美しい人なのに、なぜ左大臣はわたしと結婚させるのをためらったのか。……極端な恥ずかしがりで、といっていたが……）

と、尚侍の顔からお目がはなされない。

おりしも中納言の君という侍女が、

「帝がおいでになったようですが、どちらへいらしたのかしら」

とさがしているので、御帳台のうしろからいまこられたように出ていかれる。そして、

「尚侍はここにおられるか」

と、お声をかけられる。御帳台のむこうで、はっとして身じろぎする気配がある。

「東宮のご病気はいかがか。お祈りなど、おさせにならないのか」

春風はだまっているわけにもいかなくて、

「なんということなく体調をくずされまして、このごろはまたいっそうおわるいようす、物の怪《もののけ》のしわざでしょうか」

と申しあげる。

(声も、ものいうようすも、右大将に似ている……)

もっと声をききたい。もっと話しあいたい。

帝は、尚侍が返事せずにいられないように、いろいろ問いかけられる。御帳台のむこうなので、ちょくせつ、顔や姿はごらんになれない。

(じれったい。もどかしい。どうかしてこのひとを近くで見たい)

そんなことをお思いであるが、いつまでもそこにいられず、お帰りになった。

ひと目、ちらとごらんになっただけだが、帝は尚侍をお忘れになれなかった。右大将が参内したのを、いつものようにおそばへよせられ、尚侍をお召しになりたいよしをうちあけられる。

「もう長い恋になるよ。わたしはまだあきらめていない。左大臣には以前、きっぱりことわられたからいいにくい。そなたがこっそりと手引きして、あわせてくれないか」

右大将は、内心思った。いまの尚侍は正真の女だから、べつだんおことわりすべきではあるまい。帝のひそかな愛人にするよりは美々しく準備して、女御《にょうご》として晴れの入内《じゅだい》、ということにしたほうがいい……。それで、父と相談いたします、と退出した。

左大臣にそれをすすめると、父は慎重だった。

「これまでおことわりしてきて、急に入内、などと晴れがましいことになれば、世間の注目を引く。男姿で暮らした人だしね。それより、いつとなく、というふうにして帝のご愛情しだいで女御、お妃になるほうがなだらかなことだろう」

秋月も、父のいう意味とちがう春風の過去を考えると（夏雲のことである）、それもそうだと思うほかはない。

帝はそのあいだも尚侍への恋をつのらせていられた。帝であればどんなことでも御意《ぎょい》にかなうようなものではあるが、やはり、恋というものはおりがなくてはみのらないものなのだ。

チャンスはきた。

女東宮の、人知れぬご出産である（もとより帝をはじめ、人々の知らぬことであったが）。

十二月にはいって、尚侍や宣旨の君、そのほか事情を知る人何人かで、いつご出産か、と心をくだいていた。それにどこでご出産なさるかというのもだいじである。ご病気と称して退出なさっても、そこへ父院がお見舞いにこられては秘密は保たれない。しかたがない。

宮中は神聖な場所で、お産の汚れはあってはならぬことであるが、神事などのことさらひきつづいておこなわれる時期でもないので、いっそひそかに宮中で、と人々は考えた。

幸い、案じていたよりも安らかに、右大将によく似たかわいい若君がお生まれになった。ただちに、中納言の君がおだきして、かねて連絡してあったように、左大臣家におつれする。

秋月は心からうれしくて、父と母に、こうこうと知らせた。左大臣もおどろいて、さっそく乳母をつけ、世間には、

「こっそり通っていた、ある女性に生まれた子ども」

といいつくろった。

右大臣家では、そんなようすもなかったのに、とふしぎな気がした。

女東宮はお産のあと、衰弱してしまわれて、父院の御所へおうつりになることになった。

帝は、

(尚侍もつれてゆくのだろうか)

と、気が気ではなくお思いになる。父の左大臣に、

「あちらへいかれると、父院がずっとつきそわれるだろうから、そういうところへ尚侍をおいておくのもどうであろうか。もし院が尚侍をお気に入られたりしたら、早くから思いをかけていたわたしはうらめしい。あの美しい人がいなくなれば宮中もさびしくなってしまう」

左大臣は、もともと院が、自分がつきそってやれないかわりに、と尚侍をつけられた

のだから、東宮が院の御所へおはいりになれば、尚侍は必要ないこと、ここへとどめましょうと申しあげた。帝はほっとなさって、

「昔からあの人をわたしはのぞんでいたのに、あなたからことわられつづけていた。わたしの心は変わっていないよ」

左大臣はうれしくてお礼を申しあげるが、それでもやっぱり、「では女御にさしあげたい」といわないのを、帝はふしぎに思われた。

（極端な恥ずかしがりやだと、右大将も左大臣もいうが、ちらと見たところではとてもそう見えなかったのに……。最愛の娘を手ばなしたくないのだろうか）

女東宮のほうは、父院のおそばへいかれて、日一日と快方にむかわれた。東宮の位を辞し、出家したいというのぞみをもっていられるが、院にも帝にも、ほかにお世継ぎがいらっしゃらないので、おゆるしが出ないのであった。

三

年もあらたまり、春になった。宮中はつぎつぎと新年の祝宴や行事にいそがしい。人々ははればれとつどい、はなやかにすごす。

帝はいよいよ尚侍のおもかげがお身にしむここちで、行事が一段落して、ややのどかになった日の宵、ひそかに尚侍の住む宣耀殿《せんようでん》のあたりを歩かれる。と、琴の音がほのか

にきこえる。

（「春鶯囀《しゅんのうでん》」だな）

春のうぐいすのさえずり……いかにも早春にふさわしい曲。ひく人は尚侍であろう、右大将と変わらぬ音色、

（やっぱりきょうだいだなあ）

と思われた。

蔀《しとみ》はおろしてあるが、妻戸はまだ錠《じょう》をさしていないらしくて、風に吹かれてすうっとあいた。帝はおうれしくてこっそりはいられたが気づく人はいない。暗いところにかくれてごらんになると、侍女がふたり、碁を打っている。

尚侍は御帳台のなかで、ほのかに琴をかきならし、また、手をとめては灯《ひ》をながめて物思いにしずむふうだった。

（あの美しい人になんの物思いがあるのか）

と、帝はいよいよ尚侍に、神秘な魅力をおぼえられる。

春風のほうはそのとき、すぎた昔が恋しくてならなかったのだった。男姿で活躍した青春の日々。いまも若さは去っていないが、女姿では、人生の半分のおもしろさも味わえない気がする。人前に出ることもなく、人と才智や学識をきそって興じるたのしみもなく……などと考えているうち、いつものように、宇治にのこしてきたわが子のおもかげに心は占められる。もう、どんなに大きくなったろう。――そう思うと、どうにも悲

しくて心がぬれるのだった。

涙を侍女たちに見られまいと、衣《きぬ》をかぶって横になる。碁を打っていた侍女たちも終わったらしく、あちらへいってやすんだらしい。

「夜具をお召しなさいませ」

と、侍女が灯を遠ざけ、だれかが妻戸の錠をさしながら、

「なんだか人の気配がするわ、きみわるい」

とつぶやき、みな、奥へいって寝てしまったようだ。

春風は眠られず、あれこれ考えつづけていると、かぶっていた衣をとりのけ、となりにそっと身を横たえる人がいる。

とっさに春風は、夏雲がきたのか、と思った。くやしく腹立たしくて、夜具をしっかりひきかぶっていると、それも難なく男の力で引きはいで、髪をなでながら、

「長いこと、あなたを恋していた……」

しずかでおちついた男の声。

夏雲ではない。

威厳はあるが、ごうまんではなく、やさしみにみちた声。

「あなたを女御・妃にもとのぞんだのに、あなたの父、左大臣は、きっぱりことわってしまった。わたしはどんなにうらめしかっただろう。でも、忘れられなかった。東宮のご病気のおり、わたしはふとあなたをちらりと見ることができた。それからわたしの恋

はつのるばかりでした」

春風はその人がだれかを知っておどろく。なんということ。……帝でいらした、とは。

(夏雲ではなかった。夏雲だと思ったときは、ただもう、くやしくて腹立たしかったが……帝ではべつの意味でせつないわ。わたしはすでに、こっそりと子どもまでもった過去がある。それをお知りになったらどうお思いになることか。ひいては昔、男姿になっていたあさはかな生きかたをもお知りになったら、けいべつなさるかもしれない。……たとえ一時は愛していただけてもすぐお見すてになるにちがいないわ……)

そう思うと、春風は涙がこぼれてしかたなかった。やはりあのままこの世から姿を消してしまえばよかったのに……。

「いとしいひと。そんなに泣かないで」

帝は春風をだきしめてささやかれる。

「こうなる運命だったと思いなさい。わたしのあなたへの愛と同じくらいに、わたしのことも愛してもらえるようになれば、どんなにすばらしいだろう」

帝のことばはおやさしく、情熱がこもっていて、春風は心をうたれた。帝のお気持ちがうれしく、春風は幸せな思いだったが、まだ不意のことだったので心の準備ができていない。

できれば時間を。

もっと、心の用意ができてから。……そんな気持ちで、帝の動作にさからった。しか

し、さからうにも、一種のためらいがある。こんなに、おやさしく情をこめて愛を告白される帝に、

（なんと強情な、冷たい女だろう）

と思ってほしくない、そんな気があったから、きっぱりとおことわり、という態度になれない。それに何まいも着物を重ねて、からだの自由もきかない女姿だった。昔、軽快な男姿でいたときですら、夏雲におしきられて、女の力ではさからえなかったのだから。ましていまはしかたなかった。

それに帝には、

（この機会にどうしても、わたしの気持ちを知ってもらわなければ、また別れ別れになってしまうだろう。なんでひきさがれよう）

という強いご決意がある。春風もつらくてせつないが、相手は帝でいられるから、声をあげて人をよぶこともできない。

それに、王者の恋は大胆であった。人がきてもかまうものかと思っていらっしゃるから、どうしようもなかった。

四

いつもの御殿へおもどりになった帝は、もういまではいっときもはなれていられない

思いをなさる。近くで見れば、いよいよ美しさのまさる人であった。

しかしそれとともに、帝のお心にはうたがいがある。帝は、春風が、愛の経験者であるのを見ぬかれた。それは軽い失望をもたらす。

（ははあ、そういうことがあって、左大臣は入内させなかったのか。それにしても相手はだれだろう。左大臣がそれを知りながら結婚をゆるさなかったのは、よほど身分の低い男だったのだろうか）

帝はそれを残念に思われるが、欠点とはお考えでない。そんな事実を圧倒するくらいに、春風は美しかったのだ。帝は去られるとき、

「もうあなたをはなさないよ。来世までも。――しかし、あの伝説、……死んで三途の川をわたるときは、女はこの世ではじめて愛をかわした男に、背負ってもらってわたるという、あのいいつたえによれば、あなたを負うのはわたしではなさそうだ。――だが来世はともに、と約束しようね」

春風は、それで帝が、彼女の過去をお察しになったのを知り、恥ずかしくつらい。だまっていると、

「ひとことでもお返事を」

といわれるので、

「あの世のことなどわかりませんわ。この世の不幸だけで、手いっぱいですもの」

昔は朝夕に男姿の身をおそばに召されたので、帝が、声や気配でさとられるのではな

いかと、春風はひやひやして、たえだえにお答えする。

帝はそれもかえって、いじらしくおききになるのだった。――帝は帰られてすぐお手紙を書かれる。

兄の右大将を召され、きちんとして威厳のあるこの人に、恋文などを持たせてやるのはすこし気恥ずかしく思われたが、

「この返事を尚侍からもらってきてください」

とおおせられる。帝のごようすを拝見して、秋月のほうは、もしや、帝と春風に、なにか起こったのだろうかといろいろ想像した。

春風は具合がわるくてやすんでいた。帝のお手紙をいただいたが、あけても見ず、返事も書かないので、

「お返事をもらってこい、とおっしゃったのに、手ぶらで帰っては面目がたたないよ」

と、秋月がいうと、

「まあ、あなたらしくもない。あなたは帝のお味方？　それともわたしの味方？」

と、春風はちょっとほほえんで、

「うかつにお返事など、さしあげられないじゃない？　昔は朝夕、わたしの字をごらんになっていたのですもの、同じ筆跡とすぐ見ぬかれるわ。それにお父さまのご意向もうかがわなくては。わたしひとりの判断でお返事もできないでしょう。ただいただきました、と申しあげて」

さすが、昔はたくさんの人にたちまじり、男の生活をしていただけに、状況を考えるのも慎重であった。

秋月はそれもそうだと思って、帝のもとへもどって、返事はなく、「いただきました」と申しておりました、とおつたえする。

帝はがっかりなさった。

もういままでは、昼も夜も、尚侍からはなれていられぬようにお思いである。それとなく尚侍をちらと見たことなど、右大将におつたえになり、

「これほどまで愛したひとはいままでなかった。あなたが手引きして、今夜もあわせてくれるなら、どんなにうれしいだろう」

といわれる。そしてふたたび、恋文をお託しになった。

秋月は帝が、春風に愛情をおもちになったらしいのがうれしかった。帝のお気持ちもひととおりでないようだし、これで春風も幸せになれるのではないかと思った。

いそいで父・左大臣にこのことを知らせる。

「おお、そうだったのか、本来なら、この家から、女御・妃として、はなやかに入内して帝に嫁がれるはずだったのに、ふしぎな運命で、いままでまわり道をしたわけになる。それならあらためて、そのように準備せねば」

左大臣はよろこんで、尚侍の住む宮中の御殿の調度から、侍女たちの衣装、春風自身の衣装もすっかり新しく美しいものを用意して、新婚の祝いをした。

春風はたびたびの帝のお手紙で、しだいに心ひらいていった。

いつかの、三途の川の話で、帝が過去をお知りになったことがわかったが、それきりそのことにはおふれにならず、大きなひろい愛情で、春風をつつんでくださるのであった。

しかも、その昔、男姿でおそばにいた、ということは、思いもなさらぬようす、現在の右大将が、そのまま、昔からの人物だと信じていられ、数か月見なかったあいだに、いちだんとしっかりしてきた、とお思いになっている。

春風はやっと、人生に自信をとりもどしたのである。

帝の深い愛情にささえられ、生きるよろこびを味わった。帝は昼も夜も、春風をたいせつになさる。春風は人柄や美しさからいって、妃の位についても不足のない女性よ、とお思いになる。

しかし一点、帝のご心中には、だれにもうちあけられないが、こだわられるところがある。

(尚侍のまえの恋人はだれだろう。みなの知っていることではあるまい。二、三人の関係者だけが知ることだろう。女御や妃といった結婚相手に、過去があったとなれば、いささかふつごうだが、尚侍として宮仕えした人をわたしが愛した、となれば、これはべつに問題はあるまい)

そうお考えになって、日に日にご愛情が増していかれる。

左大臣も、春風の母夫人も、それをうかがい、やっとほっとしてよろこびあった。

五

右大将の秋月は二条にりっぱな邸をたて、吉野の姉宮を正妻としてむかえることにした。

吉野山へおむかえにあがる。宮は、姫君たちと別れられるおさびしさはあるものの、

「これからは、わたしも修行いちずにはげめるのがうれしい。あなたがたのために、いままで俗世にとどまっていたのですが。あなたの幸せを信じているが、もう二度とあえないのが、悲しい」

と、そっと涙をかくされる。

妹宮も、右大将はおつれするつもりである。

いままで仲よくすごした姉妹の姫君たちは、はなれたくない、と思っていられるからだった。

吉野山から京へむかう行列は美々しくすばらしかった。女性の乗る牛車《ぎっしゃ》は、はなやかな衣装をすだれの下からたらしていて美しい。それが十台、下仕《しもづか》えの女たちがあとへつづき、身分ある殿上人《てんじょうびと》もたくさんお供している。妹宮のほうも三台つづいて、ほかのお供も多かった。

吉野の宮は、姫君たちのご出発を、さびしいけれども、長年ののぞみがかなったようによろこばれた。

一行は奈良に一泊して、翌日、京へつき、二条邸へはいった。邸の中央の建物が、吉野の姉宮のお住まいとなった。東がわにはいずれ、右大臣家の冬日を、西がわは、春風が宮中からお宿さがりしてきたときのため、――と、秋月は考えていた。

右大臣家では、右大将がりっぱな邸をたてたのに、冬日を正妻にむかえないのが心外な思いであったが、夏雲とのこともあるので文句をいうこともできない。

その冬日は十二月のころから懐妊した。こんどは右大将の子にまちがいはないので、みんなよろこんだ。

吉野の姉宮にはそういうおめでたがないので、右大将の秋月も、冬日との縁の深さを思い、冬日がいとしく、生まれてくる子が待たれた。

かの、女東宮のお産みになった若君は、左大臣の邸ですくすくと大きくなっていたが、母親がだれかということはかたく秘められているので、世間では、

「よほど身分低い人なんだろうか。それにしては、上品な若君だというね」

などとうわさしていた。

おめでたはつづく。

尚侍の春風もこの春ごろから妊娠していた。帝にはほかにも女性がいられたが、どなたにもそんなおめでたがなかったので、日ごろのご愛情に加え、いっそう尚侍をいとし

く思われた。お世継ぎとなるべき男皇子《おとこみこ》もおありではなかった。左大臣も右大将も、男皇子がお生まれになればどんなにすてきだろうと、安産のお祈りに加えて、

(どうぞ、男皇子でいらっしゃいますように)

と、寺々に命じてお祈りさせている。

さて、こちらは権中納言《ごんちゅうなごん》、夏雲。

月日のたつにつれて、いよいよ恋しいのはあの春風であった。

夏雲は、春風がふたたび男姿にもどって、自分をすてたと信じている。

(ああ春風。

あんなに美しい女姿にもどったのに、またなにを思って、男になってしまったんだ。

ぼくが冬日のことにかまけていたのを、きみは薄情だとうらんですてたのか。

ぼくのことはいい。でも、このかわいい夏空をよくもすてられたものだ。その気強さをじかにあってうらみたいが、もう、昔のような親友の仲ではないから、きみの邸へたずねていくこともできゃしない……)

世間では春風(じつは秋月なのであるが)の右大将と、夏雲の権中納言は仲たがいしてよそよそしい間柄、と思っているので、夏雲も理由なく、右大将に近づけないのであった。

宮中では、右大将は夏雲によそよそしい。

夏雲にしてみれば、

（これがあの、愛を交わした春風だろうか？）

と、信じられないほどのつめたさなので、ことばをかけることもできない。

手紙を出しても、ちゃんとした用件には返事するが、ほかのことはいっさいふれない。

夏雲は毎日、ぼんやりして物思いにふけっていた。

宮中へいっても気分は晴れない。昔はあちらこちらと美女をたずね歩いたが、そんな、うきうきした気分もなくなって、いまはまじめである。

右大臣家へこっそり通うこともなくなった。冬日とも切れてしまったが、そのことで気をもむこともなくなった。

尚侍のことも、帝のご寵愛ぶりをきいてくやしいばかり。いつかはうまくだまされて追いかえされたっけ、などと思い出し、

（あのひとはぼくのことを、さぞ、ばかな男だと思っているだろう）

などと、ちっとも、いいことは考えられない。

ただひとつのなぐさめは、愛らしくそだつ夏空であった。しかし、

（春風とともにこの子をそだてるのなら、どんなにたのしいだろうに）

と思うと、またおちこんでしまった。

（あのひとはもうすっかりぼくのことを忘れてしまったんだ。ぼくだけがいつまでも恋いこがれているのもばからしいや。……そういえば冬日もそうだ。世間をはばかっていつい、切れてしまった……）

心をなぐさめる方法もなく、夏雲はなつかしさのあまり左衛門に手紙を書いた。あの冬日とあうのに手引きしてくれた侍女である。

冬日に何か月もあえぬさびしさをこまごまと書き、ごぶさたのおわびもしたく、あなたにあいたい、そちらへこっそり出かけようか、それとも、それが具合わるいようなら、こちらは気楽な家で、ほかに女もいないから、こちらへきてください。と書いてやった。せめて左衛門から冬日のうわさをきき、ようすも知りたいと思ったのである。

左衛門のほうでもちょうど、夏雲のことを考えていたところだった。

(お気の毒に、人目をはばかって夏雲さまをつれなくあしらったから、冬日さまへの愛もさめたんだわ)

そんなことを思っていたので、久しぶりの手紙もめずらしく、こまごまと冬日へのかわらぬ愛が書いてあるのに同情した。こっそり、うかがいますと返事する。

夏雲はうれしくて、さっそく目立たない牛車でむかえにやった。左衛門は女あるじの冬日にだけこうこうとうちあけ、おもてむきは実家《さと》へさがるふうに見せかけて、夏雲の邸へいった。

夏雲は久しぶりに左衛門にあった。あえば昔のことがさまざま思い出される。冬日が父の右大臣から勘当され、自分がいろいろと世話をしたこと。たよる人もない冬日と侍女たちは、ただひたすら、夏雲のたすけにすがっていたこと。……宇治と京を往復し、ふたりの女のあいだで心をくだいたこと……。

「なああ左衛門。このごろは気分もわるくて外出もしないぼくだが、ようよう馴れた冬日の君に心変わりされて、それはむろん、うらむすじあいじゃないんだが、せめてもう一度くらいはお目にかかれないだろうか。よいおりがあれば手引きしてくれないか」

と、涙ぐんで夏雲はいった。

左衛門も気の毒になり、同じように泣いて、

「そうしてさしあげたいのはやまやまですが、いまはいろいろと事情も変わりまして」

と話しはじめる。

「以前とちがい、殿の右大将さまは、とても冬日さまをたいせつになさって、ずっとこちらにおられますので、父君の右大臣さまもおよろこびでいらっしゃいます。いいえ、以前も、この数年のあいだ、右大将さまのご愛情は薄いとは申せませんでした。とても冬日さまをだいじにしてくださすっておやさしいおあつかいでした。でもどう申せばよろしいやら、夫婦らしいしっくりした仲ではなくて、親しい女どうしのようなお間柄で、どこか、すきま風のあるような感じでした。

そこへ、あなたさまが情熱的に思いをかけられましたので、ついわたくしも気弱く負けて、うしろめたい思いをしながら、冬日さまにおあわせしたようなしだいでございます。

それが、どうしたことか、こんど、吉野山からお帰りになりました右大将さまは、おもてむきのおふるまいは人目を忍んだように昼間などはいらっしゃいませんが、内々の

ご愛情は以前よりずっとまさっていられるように見えます。それに去年の冬からおめでたのように拝されましてからはいよいよ、むつまじくしていらっしゃいます。

さきの姫君ご誕生のおりは、右大将さまはそんなにおよろこびにならず、それやこれやで家出なすったのでございますが、こんどはまちがいなく右大将さまのお子とお思いなのか、それはもう、冬日さまをたいせつにいたわられ、このごろではこちらにばかりいらっしゃいます。

父君の右大臣さまもそれをよろこんでいられます。

ですから冬日さまも、いまではほかのひとにお心をよせるということなど、考えてもいらっしゃいません。もしそんなことを右大将さまにきかれたらたいそうつらい、と思っておいでですもの。まして、もう二度とあなたさまにおあいになることはございますまい。

それにつけても思うのでございますが……」

この左衛門は若くて、すこし思慮のたりないところもあるうえに、女あるじ思いで、冬日のことにいっしょうけんめいだから、とても夏雲の気持ちなどをくむ余裕はなく、

「右大将さまのご愛情は深いといいましても、やはり昔のことにこだわっていられるらしくて、まず第一にたいせつになさるのは、吉野の姫宮でいられます。そのつぎに冬日さまを、長年の仲ではあり、見すてがたい、というふうなおあつかいでございます。

もし、本来のご夫婦仲でいらしたら、冬日さまが第一の地位にいられたはず、ほかの

どなたが肩を並べることができましょう。そう思いますと、冬日さまのご運のわるさも、あなたさまのせいではありませんか、思えばうらめしい事件だったとすぎたことを後悔しているのでございますから、いまはましておあいになるなんてことは……」

とんだ話のなりゆきで、夏雲は非難されてしまった。しかし左衛門のぐちも、たしかにもっともではあり、

「それはまあ、あちらがそう思われるのもむりはないがね。しかしきみまで、そう一途に思いこんでしまうとは……」

夏雲はなんだか混乱してしまう。

冬日が妊娠した、というのはどういうことだろう。こんどはまちがいなく右大将の子だとは。……あの春風の。

そう思うと夏雲はまた右大将が恋しくなった。忘れかけていた春風への思いが燃えたつ。

ことば少なになり、左衛門に、

「もうおそいから、それではお帰り」

と、また牛車で帰した。左衛門のほうは、

(すこし、いいすぎたかしら、お気の毒に)

と思い、ふりかえりつつ去っていった。

夏雲はひと晩じゅう、涙の川に浮きしずみする気分だった。

(やっぱりどうかして、近くで右大将にあいたい、ものをいいたい)

と思うと、

(こうして引きこもってはいられない)

という気になった。宮中へ、右大将が参内するだろうと思われる日は、夏雲も出かけていった。さりげなく右大将を見つめていると、むこうもさすがに見かえし、きちんと相手をするが、それ以上にうちとけない。夏雲はじれじれしてしまった。

右大将の秋月はそれがわかって、おかしくてしかたがない。

秋月は、吉野山の妹姫をあずかっているので、内心、この姫と夏雲を結婚させたらどうだろう、と思っていた。

(夏雲も、いまは冬日とも切れ、昔の尚侍への執着も忘れて、まじめになっているようだ。美しい女を見るとすぐむちゅうになる男だから、この妹宮を見るときっと愛さずにはいられないだろう)

と思うものの、

(いや、冬日にいいよったことはやはりゆるせない。夏雲などと仲よくする、というのもばからしい。……しかし)

春風が産んだ子は、夏雲の手もとでそだてられている。だれ知らぬ事実であるから、いまは尚侍となった春風も、人にいえぬまま、あの子のことを案じているようだ。

(夏雲と親類になれば、おのずと、あの子のうわさもきけようし、姿を見ることもでき

よう）

秋月はそんなことを考えている。

六

さてこの秋月の右大将は近ごろ、〈男になった〉たのしさ、おもしろさにむちゅうである。そのひとつに恋の冒険がある。

そのことで春風は人のいないとき、ひそかに秋月をひやかしたことがある。

「ねえ秋月、あなた、わたしの侍女の宰相の君と仲がいいんじゃない？　宰相の君だけじゃないわ、宮中の侍女たちのだれかれにいいよって恋人にしているってうわさよ。昔は物がたくていらしたのに、このごろは人が変わったように色っぽいって、宮中の女たちはびっくりしているわ」

「いやあ、そういわれると面目ないが、これが男のたのしさなんだから、しようがない。女のひとはみな、とりどりにすてきだよ。ぼくは女のひとの魅力が目についてしかたないんだ。そうすると、それをほめたくなる。ふたりの心が通いあう、恋が生まれる。男のたのしさを知ってしまったんだよ」

「まあ、まるで『源氏物語』の光の君気どりでいるんじゃない？　男っていいわね、かたっぽしから女にいいよって恋の冒険をたのしめるんですもの」

「昔のきみなら、仕事の面で能力を評価されるたのしみはあったろうけど、自然の本能の面では、男のたのしみも女のたのしみも知らなかったろう。でもいまはちがう。女って、やっぱりすごいよ。男は恋の冒険だけだけど、女は帝のお妃になって、男皇子が生まれたら、将来は国母《こくぼ》になるかもしれないんだ。女にはとてもかなわない」

「それはそうね」

と、ふたりは笑いあったが、

「でも、それだけじゃないわ」

と、ふと春風ははにかんだ。

「わたし、帝を愛してるわ。……帝だから、じゃないわ。とてもすてきなかたなんですもの……男として、人間としてりっぱなかただわ」

春風の過去を知られても、それをお責めになったり、あばきたてたり、しつこくたずねられたり、なさらなかった。

大きな愛でつつんでくださって、現在の春風の、あるがままをみとめ、愛してくださる。帝の御殿には、たくさんの女性がいるのに、春風ひとりを愛してくださるのであった。

春風は日のたつにつれ、帝への愛が強くなる。

「女に生まれてよかった、と思っているわ」

「じゃ、男のおもしろさに気づいたぼくとおあいこだ」

仲のいいきょうだいはそういって笑いあったのであるが――四月二十日あまりのころ、賀茂祭《かもまつり》もすぎ、宮中もやっとひまになったので、秋月はいつか春風が話していた、麗景殿の細殿《ほそどの》の女性を思い出した。いい人だ、――と春風はいっていたっけなあ、と秋月はそのへんをそぞろ歩く。と、建物の戸のあたりで、

「あら」

と、小さな声がした。秋月の姿を見つけたらしい。女のほうからなつかしげに、

「わたしのことお忘れかと思っていましたわ。何か月もおたよりもないんですもの。わたしのほうはあの夜の月の美しさを忘れていませんわ」

そっと吐息をもらす。この人が春風にきいた人なのかと秋月は心がおどって、声の近くへより、

「あなたといっしょに見た月の美しさを忘れられるものですか」

秋月のたたずまい、声音《こわね》、――女がなんで以前の右大将と別人と思おうか。いつものように気をゆるして、親しく話しかけた。以前の右大将なら、戸の外に立ったまま、なつかしく話しあって別れるだけ、かりにもみだれたふるまいはなかったのに、いま右大将はするりと身をすべらせて女の部屋へはいり、戸をしめてしまうではないか。

「まあ、おどろきましたわ。そんなお心でいらした、なんて」

女は心外で、とがめようとするが、秋月はこの人が想像していたよりも愛らしく、上品でいて親しみ深いようすなのに、心をうごかされたのであった。女のびっくりするの

をしずかになだめ、おちついてさまざまに愛のことばをささやくので、女もいつか心がとけてゆく。声なんか、かけなければよかったんだわ……と後悔しながらも、美しい右大将にさからえないで、だきしめられてしまう。

秋月も世間なれない彼女の混乱を思えば、

(思いやりのない仕打ちだったかなあ)

と、気の毒にもなるが、やはり好もしい人なので、どうにも見すごしがたい……。


こちらは夏雲。どうかして右大将ともう一度話しあいたいと、右大将のあとばかりつけていたが、男の声がするので物かげに身をひそめてきくと、右大将の声である。うれしくて、耳をすませると、どうやら恋の情熱に身をまかせたふたりが、あかつきの別れを惜しんでいるらしい。

おたがいに人目をさけねばならぬ身、思うようにこれからもあえないだろう、でもこのまま縁が切れてしまうなんてたえられない、と男がいうと、女も泣いている。

夏雲はおかしなことをきく、と思った。

(そういえば宮中の侍女たちとの仲を右大将はうわさされている。まさか、そんなことは、と思っていたのに、これはどういうことだ。やはり別人なのか?)

やがて女と別れて男はそっと出てくる。まちがいなく右大将である。とっさに夏雲はその袖を引いてしまった。

「だれだ」

と、右大将はふりかえる。

なつかしいその顔を見ると春風としか思えない。夏雲は思わず涙をこぼし、

「ねえ、きみ、縁あってむすばれた仲じゃないか。どうしてそう、ぼくにつれなくするんだ。ぼくは見かぎられてしまってうらめしいよ」

右大将はほほえんで、

「それはどこかのひとにいうせりふじゃないか。——それはさておき、きみにゆっくり話したいことがあるんだが、若いうちはともかく、おたがいにきみもぼくもかるがるしいことのできぬ身分になってしまった。それを『つれない』ときみのいうのももっともだが、いずれあらためて」

そういう右大将の顔を夏雲は穴のあくほど見つめた。遠くから見れば春風によく似ているものの、こうして近くで見ると、さすがに、ほんとうの男性であることがはっきりした。

しかも、しだいに明けてゆく朝の光で見ると、右大将の顔にうっすらとひげも見えるではないか。

夏雲は動転してしまう。

（ちがう。これはだれなんだ、春風じゃない。では春風はどこへ消えたんだ……）

あっけにとられて立ちすくむ夏雲。秋月はにやにやして、

（さぞびっくりしているだろうなあ）

とおかしかった。

夏雲はそれ以来、いっそう春風が恋しく、なにも手につかなかった。

（これには秘密がある。あの右大将が知っているにちがいない。あんなに似ているのだから、春風の一族なのだろう。やっぱり右大将にきくしかない）

そう決心し、日中の暑さが去って夕風の涼しくなった夕ぐれ、右大将の住む二条の邸へ出かけた。

右大将はるすだった。右大臣邸の冬日のところへいったらしい。がっかりして帰ろうとすると、琴の、いい音色が風にのってきこえてくる。夏雲は好奇心をおさえかねた。あともどりして、庭からそっとうかがうと、御殿ではおりからのぼった月を見ようとして、すだれをまきあげているので、なかにいる女性たちがよく見えた。

たくさんの侍女たちのなかに、琴をひく人と琵琶をひく人が、ことに美しい。月にむいてすわっているのでよく見えた。琴をひく人は上品で、しかもあでやかな美しさ。琵琶をだく人は、若々しく愛くるしい。たくさんの美女を見てきた夏雲だが、このふたりはまた、とりわけ魅力的である。

（うーむ、これが吉野の姫宮なのか）

ふだんの夏雲ならさっそくしのびこんでいいよるところであるが、さすがにこの右大将の邸で、そうしたふるまいはつつしまねばなるまいと、あやうく理性をとりもどした。

七

秋月はいよいよ、吉野の妹宮と夏雲を結婚させようと思った。

夕涼みの宴《えん》にことよせて、夏雲と妹宮をひきあわせようというのである。秋月の邸のなかには庭に泉や池があり、そこへつきだした釣殿《つりどの》は涼しいので、身分よき客たちをあつめて詩をつくったり、音楽をたのしんだりした。

月ののぼるころ夏雲に使いをたててまねいた。

夏雲は、まねかれるなんてどういうことだろう？　と、いぶかしく思った。しかし念入りにみごとな衣装を着て、香をたきしめ、ともかくいってみた。

月の明るい釣殿で、右大将はほかの客たちと歌ったり笛を吹いたりして、くつろいでいた。

「やあ、よくきてくれたね」

親しげに夏雲をむかえて琵琶をひくようすすめるが、このまえ、ちらと見た吉野の姫宮たちのすばらしい演奏を思い出すと、夏雲は気おくれして、とてもひけない。

しかも男たちの席のむこうには御簾《みす》があって、どうやら女性たちのいる気配。――とすると、吉野の美しい姉妹の姫たちなのか。こちらからは見えないが、むこうからは、男たちの姿が見えるのであろう（秋月はそれとなく妹宮に夏雲を見せるよう、はからったのである)。——夏雲は緊張する。

しかしそれ以上に、夏雲は右大将が、昔の春風でないのを知って混乱している。

この男は何者なのだ?

そのうたがいを晴らすすべもないので、夏雲はけいかいし、どうしてもうちとけられないのであった。

酒がまわって人々は酔い、やがて、ひとりまたひとりと座を立っていった。夏の月の夜の宴は終わった。女性たちもしりぞいたらしい。

夏雲も酔いがまわった。

酔ったので元気を出して右大将に近づき、いまはもう、見知らぬ他人に対していると思うので、いままでのように、きみ、ぼく、ともいえない。

「今夜、おまねきいただいた理由はなんでしょう? なにか、なみなみでないおみやげでもくださろうというのでしょうか」

というと、

「もちろんですとも。なみなみでないおみやげをさしあげたら、日ごろのうらみは忘れていただけますか」

と、右大将もていねいにいってほほえむ。

「それは昔の宇治のひとのことですか。あのひとにあわせてくださらなければ、このうらみは忘れられません」

夏雲はつい、ほろほろと泣いてしまう。

「宇治のひとは宇治川に身を投げて死んだのですよ。世にない人をいつまでも待ちのぞんでもむだなことです。それじゃ、わたしのさしあげるおみやげもいらないんですね。では、わたしもやめましょう」

と、右大将はきっぱりいって、とりつく島もない。

夏雲はそうなると、「おみやげ」がなにか、知りたい。なにものかわからぬ、この、「右大将と自分でいい、世間もそう思っている人」、夏雲だけは昔の右大将とちがうことを知っている、そのあやしい人が、自分を今夜、招待したわけは？　……それで夏雲はひどく酔ったふりで、

「あのね、わたしはもう酔ってしまって、帰れそうにないのですよ、この御簾のまえで夜を明かしてもいいですか」

というと、右大将は、

「そこではちょっと、ご身分にふさわしくありますまい。こちらへどうぞ」

と、御簾のなかに招じ入れ、自分は姉宮とともに奥へはいった。

夏雲がはいった部屋には、女性がひとりいる。

（もしや、春風であろうか？）

わくわくして近づいてみると、春風ではなく、あの月の夜に琵琶をひいていた妹宮であった。

春風ではないのが、どうしようもなく悲しかったけれど、この妹宮も若々しく美しい人で、やさしい物腰、つつましげだが、引っこみ思案ではなく、すなおで快活だった。

夏雲には、右大将の気持ちがよめた。（妹宮と結婚してはどうかね、美しい人だろう？　宇治で見うしなった恋の痛手も、なぐさめられるんじゃないかね？）というところであろう。

夏雲はうつりやすい心の持ち主とはいえ、かつての恋の痛手は忘れるときもないが、しかし妹宮のすばらしい魅力に、たいそうひかれて、よろこんで結婚を承知した。

翌日、右大将は夏雲をそばへよんで、

「急なことでおどろかれたでしょうが、この縁談を不足とはお思いにならないだろう、と思って、とりはからいました。まえまえからのおうらみもこれで晴れるのではありませんか。すばらしい女性ですから。これからもおふたり仲よく、すごしてください」

夏雲は礼をいい、妹宮を愛する、とちかった。

しかしどうしても、ゆくえを絶った春風のことを知りたい。子どもの夏空のかわいさを見すてて去った人の、心のうちを知りたい。

「わたしは、いなくなったひとの忘れがたみの子を、男手でそだてています。その子のことを気にかけずにいるとは、思えないのですが……」

ほろほろと涙をこぼすのを右大将は見て、気の毒そうに、

「いろいろご事情がおありでしょうが、そのへんはよくわかりかねますので」

と、話をそらしてしまい、夏雲の疑問に答えてくれそうになかった。

しかし夏雲は、右大将の二条邸へ通ううち、にぎやかでゆたかな、ここの暮らしがたのしくなって、自分の邸で春風をしのびながら泣き暮らしたことを思うと、心がはればれする。この時代の結婚は、男が女の家へ通うのである。

世間では、

「夏雲どのは、右大将のおはからいで、妹宮に通っていられるらしい。一時は右大臣家の姫君のことで不仲になったけれど、右大将の広い心で、夏雲どのをゆるされたらしい。右大将の男らしさにくらべ、夏雲どのはいいかげんな人だねえ」

などというわさが流れていて、夏雲はきまりわるいが、それでもなおらぬものは人の心、同じ邸のなかに、右大将の北の方、つまり姉宮もいられる。いつかの月の晩に見た姉宮も美しかったので、（いい機会があれば）とうかがっているが、姉宮はとりあわず、うとうとしくされている。ほんとにしようのない浮気ごころの男である。

しかし夏雲は結婚によって夏空を、妹宮のところへむかえたのである。妹宮はたいそうかわいがって世話をしているのを、夏雲はうれしく思っている。

夏空の乳母だった人は、急にいなくなった女あるじをいつも思い出していた。そのひとの名も身分も知らされていないが、もしや吉野の宮の姫君ではないかと想像していたので、夏雲が結婚して、若君を相手の女性がそだてるときき、

（じゃ、とうとう、さがしあてられたんだわ。早くお目にかかりたい）

と思っていた。そうして夏空とともに、二条のお邸へ参上してみれば……そのひとはまったくちがう女性だった。乳母はあてがはずれて悲しかった。

しかし妹宮は愛らしくやさしい人なので、うちとけるままに乳母は昔の、女あるじのことを泣きながら話す。

「若くてお美しいかたが、どんな深いわけがおありになったのか、——赤ちゃんの夏空さまをじっとだいて、一日じゅう泣いていらっしゃいました。そしてその夜、ふっと、お姿をおかくしになったのでございます」

妹宮も、もらい泣きして、

「かわいそうなお話、こうしてちょっとのあいだお世話しているだけでも、夏空さんとはもう別れられないと思うくらいかわいいのに、まあ、どんなお気持ちで手ばなされたんでしょうね」

と同情される。そのことばに力を得て乳母は、

「もしや、あなたさまのお姉さまがそのかたではいらっしゃいませんか。右大将さまの奥方さまが」

と、声をひそめていうと妹宮は笑われて、

「いいえ、姉はそんな人ではありませんし、わたくしたち姉妹のほかに、きょうだいはいませんわ」

といわれる。乳母はぼうぜんとするばかり。

八

尚侍・春風より先に、右大臣家の冬日が、二条邸で男の子を出産した。右大将そっくりの子で、左大臣・右大臣のよろこびはいうまでもない。大がかりなお祝いの宴がおこなわれた。

つづいて、宮中から二条邸へさがっていた春風が、ぶじに男皇子《おとこみこ》を産んだ。長いこと皇子がおいでにならないので、あちこちへ熱いお祈りをささげていられたかいがあって、やっと、帝にはじめての皇子がお生まれになったのだ。

心をつくしたきらびやかな祝いの宴がつづく。それをききながら春風は、夏空のことを思っていた。こんどの皇子はこんなに祝福されて生まれたのに、あの子は秘密の子として、こっそり生まれねばならなかったのだ……。

いまごろ、どうしているのだろう。

春風はひそかに、夏空のために涙を流す。

そのころ、よろこびごとがつづいて、右大将は内大臣をかね、夏雲は大納言《だいなごん》となった。

夏雲は昇進のよろこびにつけても、昔が思い出される。権中納言に昇進したとき、あの右大臣家の冬日からきた手紙――。

〈わたしにとってたいせつなのは、秘密の恋人のほうよ。あなたのご昇進をひそかに、

どんなによろこんだことでしょう〉

それを見て春風がショックをうけ、顔色を変えたではないか。わるいことをした。

（春風。どこにいるんだ。春風。きみがいなければ、昇進したってうれしくない）

そう思うと、涙ぐまれてくる夏雲であった。

夏空もいまは成長して、よくおしゃべりができるようになり、走りまわったりする。それを見るにつけ、姿を消してしまった春風を、夏雲は忘れるひまもない。

いま、妻となった吉野の妹宮に、それとなくさぐりを入れてみる。

「ここの右大将どのだがね、——いつごろから吉野山へいらっしゃったのかね」

「さあ、それは中納言でいらしたころではありませんか、よくぞんじませんが」

「ここの姉宮とはいつからごいっしょだったんだろう」

「一昨年あたりからでしょうか、くわしくはわかりませんわ」

「どうしてわたしにはっきり知らせてくれないの。なにか、わたしにかくしていられるね。わたしは長年、物思いにしずみ、からだもそこなって死にそうになったとき、あなたとめぐりあって結婚できて、生きかえった気になった。あなたを愛しているわたしの気持ちをごぞんじなら、そんなかくしへだては、できないだろうに」

とうらむと、妹宮はほほえんで、

「かくしへだてなんか、いたしませんわ。あなたのほうこそ、なにかお心に、人にいわれぬことがおありなんでしょう」

たしかにそうである。夏雲も笑って、

「それはそうだが、なかなかことばにならぬこともあってね。あなたがほのかに思いあたられることでもあればいってください」

「あなたもお口にのぼらせにくいのに、なんでわたしが思いあたりましょう」

妹宮はじつは思いあたることもあるが、なんでそんな世にも奇妙な話をうちあけていいものであろう。(右大将がとちゅうで人がかわったというような……)それで、

「ただこれには、深いわけがあるのだ、とお思いなさいませ。真実をあきらかになさったところで、もはや絶え果てた野中の清水をくみ出すすべもありません。かえってお苦しみも増すでしょうし、世の中にわるいうわさが流れてもよくありませんわ」

と、妹宮がほほえむのが魅力的であった。たしかに聡明な彼女のことばどおりである。

だが夏雲のなやみとあこがれはいよいよ深くなってゆく。

さて、女東宮は病みがちで、東宮の位をしりぞきたいと思っていられたので、春風の産んだ皇子が、お誕生五十日で東宮に立たれた。

以前の女東宮は女院《にょういん》と申しあげることになった。右大将は女院に、心こめてお仕えしている。

やがて春風は女御からひきつづき、中宮《ちゅうぐう》(皇后)の位にのぼった。人々はみな昇進し、幸せな年月はすぎた。

中宮となった春風は、第二、第三皇子や内親王などつぎつぎに産みつづけ、帝のご愛

情もいよいよ深い。

秋月のところでも、冬日に男の子三人がつづけて生まれた。

父君・左大臣邸で成長した若君――あの、かつての女東宮がお産みになった若君はすっかり大きくなられ、お行儀見習いの少年として、宮中へも出ていられる。吉野の姉宮にはお子がおできにならないので、この若君をご養子にしてかわいがっていられる。

女院の御所へも参上すると、昔宣旨《せんじ》といった侍女などが、とくべついとしく思い、また女院ご自身も、おそばへこの若君をよばれて、母とはうちあけられないまま、しみじみとなつかしく悲しくごらんになるのであった。

母とうちあけられぬ立場の人はもうひとり、いた。

かの夏空も成長し、十一歳の少年になっている。やはりお行儀見習いに宮中へ出仕しているので、中宮の春風は、その子を見るたびにいとしく、東宮やそのほかの宮たちと同じように愛をそそいでいた。

ある春の一日、のどかな昼さがりであった。

二の宮（次男にあたられる皇子）と、夏空少年はお遊び友だちで、中宮の部屋にまできていた。見ればふたりはよく似ている。

春風から見る夏空は、愛らしく美しい点、二の宮よりまさる、と思われ、やるせなく、いとしかった。

ちょうどそばに侍女たちはいなかった。それで安心して春風はふたりの少年を御簾のなかへよび入れた。二の宮はすぐはいってきたが、さすがに夏空は行儀よく、えんりょしている。

「おはいりなさい。かまわないのよ」

と、春風がいうと、少年は御簾を頭にかぶるように、かしこまってすわっている。

その姿のあまりのかわいらしさに春風は、昔、いまはさいごと乳母にわたしてむりに心をひきたて、別れてきたときのことが思い出された。せつなくて近くへひきよせ、涙をこぼしながら、

「あなたのお母さまのことを知っていますか。お父さまの大納言はどうおっしゃっていますか」

ときくと、少年はだまっている。

夏空は子どもごころに考えていたのだった。

（ぼくのお母さまはゆくえ知れずになったと、乳母やお父さまがいつも泣いて恋しがっていられる。物ごころついたときから、お母さまはどこに？　といつも思っていた。中宮さまが、もしかして、ぼくのお母さまなのだろうか？　……いや、そんなはずはない。中宮さまはまさか）

そうおとなびた考えで、（めったなことをいっては失礼にあたるだろう）と、少年は思い、まじめな顔でものもいわない。

（まあこの子は、どう考えているのだろう）

と、春風はあわれで、じっと見守っていると涙があふれてくる。少年もうつむいて泣いている。

いじらしさにたまりかねて春風は少年のそばへより、髪をなでて、

「あなたのお母さまは、わたくしもよく知っているかたなの。あなたのことを忘れがたく恋しがっていられるのを、見るのがお気の毒で、こうお話しするの。大納言は、もうそのかたをこの世にない人と思っていらっしゃるでしょう。だからきょうのこともお話しになってはいけません。でもあなたのお心のなかでだけ、お母さまは生きている、とお思いになって、あいたいときには、このへんへいらっしゃい。こっそりとおあわせするわ」

少年は悲しそうに、こっくりとうなずく。

それを見る春風はいとしくてたまらないが、そこへ二の宮が走ってこられて、

「さあ、あっちへいこうよ」

と、引きたてていかれる。

夏空は遊び友だちといっても、身分をわきまえ、宮たちには敬意をはらって、つつしんでひかえめにしている。それを見るのもいじらしく、

(同じ母親から生まれながら、あの子だけは身分ちがいになってそだって……)

と、春風は泣いていた。

そのとき帝がたまたま春風のところへこられ、このようすを物かげからごらんになっ

ていた。そして事情をさとられた。

（そうか、夏雲が、母をだれと明かさない子を、いとしんでそだてているときいたが、それでは中宮の子だったのか。そういえば尚侍の時分、病気といって長く里さがりしていたが、そのころに出産したのか。

父の左大臣はなぜ夏雲と結婚させなかったのか。家柄も姿かたちも、人柄も、難のない相手なのに。——あるいは、娘を結婚させるなら皇后に、とまで誇りたかく考えていたのに、その思惑がちがって失望したのか）

それでも春風のはじめの男がだれかわかって、帝はうれしくお思いである。

いまはじめてこられたようにそこへ出ていかれると、春風は涙をふいておむかえする。

「かわいい子だね」

と、夏空のほうをごらんになり、

「右大将や夏雲の大納言がいまでは年がいってしまって、宮中にはなやかな貴公子がいなくなったと思っていたが、つぎつぎに美しい若者たちが成長してくる。なかでもあの夏空や、右大将家の若君など美しいね。でもどちらも、母の名が知れないというのはおかしいね」

春風はさっきの話を帝がきかれたのかと、どきっとする。顔を赤らめてそむけた春風の美しさ。

（どんな過去があろうとも、この人の魅力はうせない）

と、帝はお思いになり、春風をいたわりこめてだきしめられるのであった。

少年、夏空は、なんとなくしんみりと悲しい気持ちで宮中をさがってきた。乳母にだけ、こっそりいう。

「ぼくね、きょう、ぼくのお母さまらしい人にあったんだ。でもお父さまにはお知らせしないで、と口止めされたのでいわない」

と、涙を目にいっぱいためた。乳母ははっとおどろき、悲しみで心はふさがり、

「どこでおあいになりましたの、どうしてお母さまとおわかりになりました？　お顔やお姿はどのように……」

「お顔やお姿は、若々しくっておきれいなかた、こちらのお母さま（吉野の妹宮である）より親しみやすくて、けだかい感じだった。たしかにそうだとはおっしゃらなかったけど、ただ、お母さまはこの世に生きていると思っておくれ、とおっしゃって、たいそうお泣きになった」

と、しょんぼりして夏空は考えこむ。乳母は、

「お父さまが、あれほど恋しがっていられますのに、生きていられるとだけでもお教えしてはいけませんの？　どうしておかくしになりますの？　お母さまをどこでごらんになりましたの？」

といった。夏空は少年ながらきっぱりと、

「お父さまにはお話しするな、といわれた。こんどまたおあいしたとき、お父さまにいってもよいとお返事があったら、お話ししよう。それまではいっちゃ、だめだよ」

と、乳母の口を封じる。お年に似合わずしっかりしていらっしゃるのもいじらしい、と乳母は思い、約束を守って口外しなかった。

さらに月日はたち、左大臣は出家し、右大臣が太政大臣《だいじょうだいじん》に、秋月右大将は左大臣・関白となった。夏雲の大納言は内大臣に——。

若君たちもそれぞれ元服し、はなやかな貴公子となった。

帝は退位され、東宮が帝位につかれる。

冬日の産んだ姫が帝と結婚して女御《にょうご》となった。東宮は二の宮、東宮と結婚したのは、かの麗景殿ゆかりの人と、秋月とのあいだに生まれた姫君だった。

それぞれ幸福に、栄華をきわめた人々のなかで、いまもなお、夏雲がいつも恋しがっていたのは春風のことであった。

(あのひとはやっぱり、月へ帰ったのだ……。かぐや姫だったのだ)

夏雲は春風のことを、そう思った。

あとがき

戦前には『とりかえばや物語』を読むことはできなかった。わたしは旧制女子専門学校国文科の生徒であったが、この本のテキストは世間になかったし、たとえあったにしても、軍国主義のさかんな時代なので、こういう退廃的な物語には、人々は拒否反応をおこしたであろう。

『とりかえばや物語』はながいこと、評価されることなく、うちすてられていた。

近年になってようやく、ねんごろな注釈つきの本があらわれ、一般の人々が読めるようになった。

わたしも通読したのは、はじめ、中村真一郎氏の現代語訳によって、であった。

その後、注釈にたよりつつ原典を読んで、これはたいへんな物語だとわかった。筋のおもしろさ、奇想天外なアイデア、人物のいきいきしていること、はいうまでもないが、いちめん、現代的な刺激にみちているという点で、永遠にあたらしい小説といえるであろう。

つまり、女の生きかたが、たえず、問われているおはなしなのだ。

女主人公は、活発で、頭がよく、勇気にとみ、人とつきあうのが大好きなうまれつきだ。そういううまれつきの少女が、時代のならわしとして、年ごろになれば部屋のうちへとじこもり、女たちだけを相手に閉鎖的な生活を強いられることになる。

考えただけでもいきがつまりそうだ。

あなたならどうする。

彼女は自分の可能性に賭け、男装して世の中に生きつづけようと決心するのである。もとより、現実ではありえないことだが、そこが物語である。そして、たいていの研究者の推察されるごとく、わたしもこの物語の作者は女性ではないかと思っている。女作者は、男たちに肩をならべて生きることを夢みたのであろう。当時の男（現代でも一部ではそうだろうと思うが）は男性優位を信じているから、そういう女を、小しゃくな、つらにくいやつと考え、とても物語の女主人公にすえたりしないであろう。作者は男ではありえない。

女主人公は男装して社交界へ打って出、その才知と美貌と人柄によって人々を魅了する。

しかし運命のおとしあなにはまって思わざる出産を経験する。そのあいだ、彼女は本来の女すがたにもどり、同時に女としての人生をはじめて生きることになる。

それはただひとりの男の手で描く円周の中にしか、生きられないという、きわめて限定的な生活であった。

すでに女主人公は、人生の栄光や、自負を知ってしまったのだ。そういう人間に、ひとりの男に支配され、その動きに一喜一憂するだけの、ちっぽけな女の人生への不満がわきおこってくるのは当然である。原典はそこをくりかえし、しっかり書きこんでいる。見ようによればフェミニズム小説ともいえる。しかも相手の男は、女すがたにもどらせて手もとにおいたからもう大丈夫、とばかり、もうひとりの愛人の話まで、くどくどとうちあけてしまう。〈ばかか、この男〉と、女主人公は軽蔑しつつ、内心はどうせすてる男だから、いい顔をしていてやろうと思うあたりの、すごみのある女心。

男社会で生きてきた彼女は、すでに女・男のわくにはまりきれぬ大胆自在な人間となっている。

しかも女にもどっても、原典によれば、「もてなし有様はれぐ〳〵しくならひたまひにしかば」男として快活なふるまいになれていたので、ふつうの女のように、袖で口もとをかくして上品に笑ったり、うらんだり、しない。「わらゝかにをかしく」というのだから、笑うときは「あっはっは」と笑い、泣くときは泣き、冗談もよくいう――というありさまだ、と書かれている。ここにも女の作者の願望がある。女だって、こんなふうに生きたいのだ、――というひそかなねがいのためいきがきこえるではないか。

〈自分の運命は自分で決める〉

と決意する女主人公。彼女はふたたび男すがたにもどろうとはしないが、男の支配をうけたくないと思う。そのためには産んだ子どもさえすててゆく。

さすがに情愛にひかれて苦しむものの、世間が期待する母性愛――子の愛にひかれて苦境にたえ、母として生きる――人生を、彼女は徹底的に拒否するのである。たぶんこのあたりも、戦前の硬直した道徳観とは、相いれない部分であろう。

男にももどれず、さりとて、女として生きる以上、男にかばわれ支配されなければ自立できなかった時代に、唯一、上流階級出身女性には、〈宮仕え〉という道がある。

女主人公はその世界で、帝寵を得る。

ただし、その物語的解決にも、女作者は、女の夢をみる。

帝が、なみの男のようでなく、誠実で、ただひとりの女として愛し、ほかの女に目もくれず、しかも過去を問わず、あるがままの現在の女を愛すること。

女主人公がふしぎな運命の転変ののち、ついに手に入れた幸福は、帝の妃という、女の最高の地位だったが、それだけではないのである。帝は男としても最高の男、というふうに書かれていて、そういう男にただひとりの女として愛される幸福を、女主人公は味わう。それなら、男社会で味わった満足とつりあう、と女作者はいいたいのであろう。

この本では便宜上、春風や秋月、夏雲、冬日という名を与えたが、その中で、春風とかかわりをもつ夏雲、この男はこの小説では笑われ役の位置にあり、その多情な浮気心、軽率さ、おろかしい執着をさんざん、笑われ、ばかにされるようにかかれていて、女作者の目はつめたい。

しかしこれは、男の特性をことさら誇張して、ゆがんだレンズにうつし出し、読者の笑いをさそおう、というものである。これはこれで愛すべき人情味もないではなく、宇治に囲った春風と、京の冬日のあいだを、気がとがめながら右往左往する男のすがたに、男の煩悩のかなしさも、透けてみえる。

女の生きかた、男の生きかた、さまざま考えさせてくれる小説だ。男にもどった秋月が、やたら、あちこちの女性を愛人にして、世のつねの男のように浮気者になってゆく、こちらの人物造型は春風のように魅力がないのも、女作者の皮肉なあしらいかたが感じられる。

わたしはいままで古典の現代語訳によって、若い世代と古典との橋渡しをする、その仕事をたいせつに思ってきた。いまこのユニークな王朝小説をご紹介できるのはうれしい。少々わたしなりの解釈でつけ加えた部分はあるが、おおむね、原典の忠実な訳である。日本の古典にはなんてふしぎな物語もあるのかと、びっくりしてくだされば、幸いである。

解説

人生を選ぶ女

里中満智子

男の子みたいな女の子。可愛らしい女の子に憧れる男の子。そんなふたりが入れ替わったら、おもしろいお話ができるかもしれない。それも顔かたちのよく似たきょうだいや双子だったらなおさら……というアイデアは『とりかえばや物語』の作者にかぎらず、誰もが考えるのではないだろうか。私自身、昭和五十一年から翌年にかけて、小学生向けの漫画雑誌『なかよし』に、太郎と花子という双子を主人公にした『ミスターレディ』という作品を連載したことがあった。ほんとうの自分の気持ちを隠しながら、親の期待にこたえようとして無理に男らしく、女らしく振る舞おうとするふたりと、そこから生まれるさまざまなトラブルをコメディタッチで描いた作品である。あの頃、何か素敵なタイトルをつけたくて『ミスターレディ』という造語をひねりだしたら、のちに女装したおじさんが活躍するよく似たタイトルの映画がヒットして、ミスターレディはいつのまにか普通名詞のようになってしまった。

心とからだのアンバランスを扱った漫画といえば私よりもずっと早く、手塚治虫先生が二十代のころに『リボンの騎士』という作品を発表している。ヒロインのサファイアは天使チンクの勘違いで女の子のからだに男と女の両方の心を入れられてしまう。男装の麗人として敵と戦いながらも心は女の子であったり、考えようによってはエロチックで危険な匂いもする、宝塚的な魅力のある作品だった。

もともと男らしさ、女らしさは後づけの学習によって身につくもので、小さいときは男女の性差もまた、白か黒かで明快に線引きできるほど単純なものではない。百パーセント『とりかえばや物語』の主人公のように、男女の違いなどあまり意識していない。男女の性差もまた、白か黒かで明快に線引きできるほど単純なものではない。百パーセント男性、百パーセント女性というのは少数派で、ほとんどの人はそのあいだのグレーゾーンに存在している。一神教的な西欧の宗教観のなかでは男か女か、善か悪かという二者択一の選択肢しかないのだろうが、日本の文化ははるか昔から性差の曖昧さをありのままに受け入れてきた。

海外に行って「なぜ日本の漫画はホモセクシュアルやボーイズラブを扱った作品が多いのか」といけないことのように質問されると、私はこう答えることにしている。外見はともかく、心は本人たちの自由なのだ、と。それを日本人は自然に認識しているから、文学も漫画も枠にとらわれない自由な発展をしてきたのである。

古事記のなかにはまだ少年のヤマトタケルが女装して敵の宴席に忍び込み、熊襲建の兄弟を倒すという説話もあるではないか。王朝時代に『とりかえばや物語』のような発想をする人がいてもちっとも不思議ではない。

ヒロインの春風はなにをやっても男には負けない才気煥発な女の子だ。邸の奥にひっそりとこもり、男が通ってくるのを待つだけの生活なんてとても耐えられそうもない。男たちの世界で自分の力を思う存分試してみたいという思いも心のどこかにあったのかもしれない。青年貴公子としてデビューするや、宮中の花ともてはやされ、帝の信頼もあつく、とんとん拍子に出世していく。ドキドキ、ハラハラの少女漫画的な要素もいっぱい。『とりかえばや物語』が千年のときを超えて生き続けたのは、いつの時代にも春風のような女の子に共感したり、溜飲を下げたり、自分では真似できないけど春風の活躍に拍手喝采を送りたいという読者がいっぱいいたという証しである。

春風はふとした成り行きから夏雲と関係を持ち、のぞまない妊娠をしてしまうが、そんなときも愚痴や泣きごとはいわない。夏雲のもとへ身を寄せながら、「こんな多情な男に人生はあずけられない」「人間のそこも浅い人だから、敬意も持てない」と、次の人生の一手を冷静に考えようとする。

十代のなかばでプロの漫画家になろうと決心したとき、これだけは絶対に描くまいと決めたルールがいくつかあった。状況に泣くだけの女の子、不運を他人のせいにする女の子、なにを考えているのかわからない女の子はヒロインにしない、ということ。主人公が窮地に追い込まれて物語が大きく動くとき、じっと耐えていたら、白馬に乗った王子さまが援けにきてくれるという昔ながらのシンデレラストーリーに興味が持てなかったのである。ヒロインには恋も仕事も自分の手で決着をつけてほしい。成り行き任せなんてありえない。そうでなければ、私が描く意味はないとまで思いつめていた。

それは今から五十年も前のこと。編集部のおじちゃんたちには「これじゃ可愛げがないよ、少女漫画の主人公はこのへんで泣かないと、読者が感情移入してくれないよ」とよく叱られた。駆け出しのくせに生意気だともいわれたが、そのうち読者が支持してくれるようになり、「人生を選ぶ女」を自信を持って描けるようになった。私が『とりかえばや物語』に惹かれる理由もそこにある。春風は私がこれまでに描いてきたヒロイン像とよく似ているのだ。

女が子連れで新しい人生を始めるのはむずかしいからと、子供を捨てて夏雲のもとを去る。あまりにも潔くて、ほかに方法はなかったのかと胸が痛くなるが、人は何かを手放さなければ、新しい何かは手に入らないことを原作者は知っていたのだろう。

潔い春風とは対照的に、夏雲は滑稽なほど思慮の浅い、優柔不断な男として描かれている。春風の魅力に夢中になりながら、冬日から手紙が来ると飛んで行く。春風に捨てられたあとも事実を受け入れられず、メソメソと泣いてばかり。男のくせに……とつい呆れてしまうが、こんなふうに恋に悩み、平気で泣けるのが平安貴族の男たちなのである。武家社会における「男らしさ」とは違って、当時の男たちは教養豊かで、気の利いた歌をさっと詠めて、立ち振る舞いも優雅でなければならなかった。男は仕事ができてナンボという単純な話でもない。万葉集にもやんごとなき殿方が身分の低い女にふられて泣いている歌や、恋の主導権を女に握られて翻弄される男たちの歌がいっぱい出てくる。そこに私はあの時代の心の豊かさを感じるのだ。

『とりかえばや物語』でも恋愛に対しては男より女のほうがずっと潔い。秋月に対する女東宮の態度もきっぱりとしたものだ。優しいお姉さまだと信じていた人に思いがけない振る舞いをされて、子供までできたのだから、運命の人と信じて絆を深めるのかと思っていると、物語の後半では気持ちはすっかり冷めてしまっている。離れている時間が長かったせいかもしれないが、ずいぶん思い切りがいい。

その秋月はというと、男にもどったとたん「女の人はとりどりに素敵だよ」などとうそぶきながら、夏雲も顔負けのプレーボーイぶりを発揮する。吉野の姉姫を妻に迎え、冬日のことも家と家が結んだ縁だからと邸に引き取り、宮中の女とも浮名を流す。これまでずっと女として生きてきたのに、こんなに急に男になりきれるものかしら、たまに女にもどりたいと思わないのかと、読んでいてちょっと不思議になる。もし、私が原作者だったら、満月の夜が近づくとざわざわ血が騒いで女装してみたくなる、といったエピソードを入れて物語の展開をさらにスリリングにしたかもしれない。

私が初めて『とりかえばや物語』と出会ったのは学校の図書室の常連だった中学時代のことである。スタンダードな文学作品や古典に始まり、戦時下の学生の手記を集めたノンフィクションなど、一日三冊までという制限いっぱいに本を借りては授業中に机の下でそっとページを開く。家に持ち帰って全部読み切ると、翌日また新たに三冊借りるという生活を送っていた。『とりかえばや物語』は一般の書架とは別に、カーテンで仕切られた図書室の奥の秘密めいた場所に置かれていた。そこには「中学生にはまだ早い」と大人の配慮が働いたらしい本が集められていたのである。

どうしよう、ドキドキ、いいや、読んじゃえと手に取ってみたら……、性的な実感がまだなかったせいか、たいしたことないじゃない、なんでそんなに心配するんだろうと拍子抜けした。田辺さんによると戦前は禁書に近い扱いを受けたようだが、大人が取り越し苦労をしなくても、子供は案外健全に本を読んでいるものである。

プロの漫画家になっていちばん嬉しかったのは、自分のお金で好きな本が買えるようになったことだ。中学生のころからそんな生活を続けたせいか、本を読むスピードがとても速く、この世に出る本はすべて読みつくす勢いで読書に没頭してきた。田辺聖子さんの作品は『姥ざかり』から始まる姥シリーズをはじめ、ユーモアあふれる現代ものが大好きだった。『源氏物語』の現代語訳を読んだときは、これこれ、私はこういうのを待っていたのだ、と思った。古事記のなかのほんの短い説話も田辺さんの手にかかれば『隼別王子の叛乱』というため息が出るほどロマンチックな作品になる。

『とりかえばや物語』の魅力も田辺さんの現代語訳に負うところが大きい。会話がいきいきして登場人物に血が通い、気持ちが素直に伝わってくる。いい意味でかみ砕いて、目に浮かぶように描写されるので、現代の作家が過去という時間を借りて書いたといわれても納得できるくらい自然に読めるのだ。

ベッドシーンの描写などもさすがは田辺さんだなぁ、と思う。男女が入れ替わっているために倒錯的できわどいシーンも多いのに、田辺さんが描けば上品で、ほどよくエロチックだ。さぁ、その先はと期待したところで「宮中の夜の闇は深く、あたりには音もなかった」とさらりとかわす。子供は無理にわからなくてもいいの、でも、ニュアンスだけは伝えてあげるわ、という絶妙のさじ加減。すごくセンスがいい！

中盤まで読者を散々ハラハラ、ドキドキさせておいて、物語は最後にそこまでうまくいかなくてもと思うほどのハッピーエンドを迎える。過去を問わず、責めず、あるがままの春風を大きな愛で包む帝。きっと自分に揺るぎない自信をお持ちなのだろう。自信のない男ほど恋人の過去を詮索し、束縛したがるものである。帝とのあいだに子供も生まれ、離れて暮らしていた夏空とも幸せな再会を果たす。その夏空がまた優しく、聡明で、愛らしい。人生を自分の手で切り拓いてきた春風に与えられた最高のご褒美である。

むずかしいことをやさしく伝えるのは、じつはいちばんむずかしい。私自身、『天上の虹』という持統天皇を主人公にした作品を完結させるまでに、参考文献だけで千五百冊以上の本を読んだ。そうした直接的な資料だけではなく、中学生のころからただ楽しく、夢中になって読みふけってきた無数の本が目に見えない形で力を貸してくれたと信じている。必要なことをピンポイントで検索できるネットは便利だが、本を読んだときのような知の深まりや想像力の広がりは感じられない。

物語の楽しみは他人の人生を疑似体験することである。千年前の人々は『とりかえばや物語』を読んでふっとため息をついたり、近頃、美男で誉れ高いあのかたもほんとうは女性ではないのかしらと、楽しい妄想にふけったかもしれない。今をときめく出世頭のあの人も子供のことでは苦労しているのかも、と思いやったかもしれない。下世話な関心事ではあるが、そういうことから日常の彩りは豊かになっていく。

生き残った物語のかげには、何かの力が働いて意図的に排除されたり、雑に扱われて失われた多くの物語があったはずだ。その中に魅力的な作品がいっぱいあったのではないかと考えると、地団駄を踏みたくなるほど悔しくなる。『とりかえばや物語』の原作者もごく一部で読みまわしていた作品が千年後も愛され続けるとは、夢にも思っていなかったに違いない。田辺さんの素敵な現代語訳が手に取りやすい文庫本として復活したことで、『とりかえばや物語』はさらに広く読み継がれていくだろう。

文字があって、その文字を読めて、昔の人たちが精魂を傾けて書いたものを今、こうして自由に読むことができる。なんと幸せなことか、と私は思う。

（漫画家）

単行本　「21世紀版　少年少女古典文学館　第八巻
とりかえばや物語」二〇〇九年十二月　講談社刊

DTP　ジェイ エスキューブ

文春文庫

とりかえばや物語《ものがたり》

定価はカバーに
表示してあります

2015年10月10日　第1刷

著　者　田《た》辺《なべ》聖《せい》子《こ》
発行者　飯窪成幸
発行所　株式会社 文藝春秋

東京都千代田区紀尾井町 3-23　〒102-8008
TEL 03・3265・1211
文藝春秋ホームページ　http://www.bunshun.co.jp

落丁、乱丁本は、お手数ですが小社製作部宛お送り下さい。送料小社負担でお取替致します。

印刷製本・凸版印刷

Printed in Japan
ISBN978-4-16-790469-2

（　）内は解説者。品切の節はご容赦下さい。

田辺聖子
甘い関係

雑誌編集者の彩子、歌手志望の町子、金儲けが趣味のOL美紀。三人の恋愛を通して描かれる「男の典型」と「女の真実」。人生を謳歌する姿がさわやかな感動を呼ぶ傑作長篇。（林　真理子）

た-3-43

田辺聖子
猫も杓子も

愛してくれる男、逢いたい男、忘れられない男。自分の気持ちに正直な三十歳の阿佐子の、いくつもの恋の甘さと美しさ、淋しさ、そして可愛らしさが胸に迫る傑作長篇小説。（青山七恵）

た-3-44

田辺聖子
私本・源氏物語

「どの女も新鮮味が無うなった」『大将、またでっか』。世間をよく知る中年の従者を通して描かれる本音の光源氏。大阪弁で軽快に語られる庶民感覚満載の、爆笑源氏物語。（金田元彦）

た-3-45

田辺聖子
ダンスと空想

仕事と恋を謳歌するアラフォー女性たちの青春を描く長編小説。頭の固い男たちをいなして仕事を進め、存分に議論し、女子会で旨いものと本音の会話を堪能する。これぞ人生賛歌！

た-3-46

田辺聖子
女は太もも
エッセイベストセレクション1

オンナの性欲、夜這いのルールから名器・名刀の考察まで。切実な男女のエロの問題が、お聖さんの深い言葉でこれでもかと綴られる。爆笑、のちしみじみの名エッセイ集。（酒井順子）

た-3-47

田辺聖子
やりにくい女房
エッセイベストセレクション2

醜女と美人の収支は？　働き盛りと女盛りの関係、妻が病気の時の夫は？　相も変わらず赤裸々であたたか、人間が愛しくなるお聖さんの傑作ベストエッセイ第二弾！（土屋賢二）

た-3-48

田辺聖子
主婦の休暇
エッセイベストセレクション3

ええ女は、明敏にしてちゃらんぽらん!?　主婦の浮気問題、魅力ある男の家庭、世間的つきあいの真髄から原発問題まで、冴え渡るお聖さんの傑作復活エッセイ第三弾！（島﨑今日子）

た-3-49

永井路子
歴史をさわがせた女たち　庶民篇
歴史の裏側をのぞいてみると、庶民の女たちがいきいきと暮らしていた。大勢の子分を従えた女盗賊、九州から日光まで旅したマダムなど、名もない女たちの見事な生きっぷりを描く名著。
な-2-45

永井路子
乱紋（上下）
信長の妹・お市と浅井長政の末娘・おごう。三姉妹で最も地味でぼんやりしていた彼女の波乱の人生とは。二代将軍・徳川秀忠の正室となった彼女の運命をあざやかに映し出す長篇歴史小説。
な-2-46

永井路子
岩倉具視　言葉の皮を剝きながら
岩倉は孝明天皇毒殺の首謀者か。長年構想を温めてきた著者が、卓越した分析力と好奇心で歴史的事件に再検討を重ね、歴史の〝虚〟を剝き、新たな岩倉像を立ち上げた渾身の作。（湯川　豊）
な-2-48

永井路子
平家物語の女性たち
平清盛ら源平の武者たちが華麗な戦さを謳いあげた「平家物語」の舞台裏で、ひっそりと息づいていた女たちがいた。白拍子、小督局ら十余人の肖像を描く、読み継がれるベストセラー。
な-2-49

永井路子
炎環
辺境であった東国にひとつの灯がともった。源頼朝の挙兵、それはまたたくまに関東の野をおおい、鎌倉幕府が成立した。武士たちの情熱と野望を描く、直木賞受賞の名作。（進藤純孝）
な-2-50

永井路子
美貌の女帝
壬申の乱を経て、藤原京、平城京へと都が遷る時代。その裏では、皇位をめぐる大変革が進行していた。氷高皇女＝元正女帝が守り抜こうとしたものとは。傑作長編歴史小説。（磯貝勝太郎）
な-2-51

永井路子
山霧　毛利元就の妻（上下）
中国地方の大内、尼子といった大勢力のはざまで苦闘する元就の許に、鬼吉川の娘が輿入れしてきた。明るい妻に励まされながら戦国乱世を生き抜く夫婦を描く歴史長編。（清原康正）
な-2-52